中公文庫

御蔵入改事件帳

見返り橋

早見　俊

中央公論新社

目次

御蔵入改事件帳　見返り橋

第一話　秘められた血縁

一

「楽翁《らくおう》さま、川風が少々、お身体《からだ》には毒かと存じますが……」

荻生但馬《おぎゅうたじま》は閉じられた障子を開けた。大川《おおかわ》を遊覧する屋根船《やねぶ》からの眺めを楽しんでもらおうとの思いだ。

但馬は四十五、鼠《ねずみ》色の小袖《こそで》を着流した身体はがっしりとし、浅黒く日焼けした顔は苦み走った男前だ。分厚い胸板と大きく張った肩が頼もしさを感じさせた。

一方、楽翁とよばれたのは松平定信《まつだいらさだのぶ》、かつて老中首座、将軍後見役として幕政を主宰、寛政《かんせい》の改革を推進した。老中辞去後は白河《しらかわ》藩主として藩政に専念していたが、三年前の文《ぶん》化《か》九年（一八一二）に隠居して楽翁を名乗っている。五十七歳となり年相応に白髪《しらが》交じりとなっているが肌艶《はだつや》よく切れ長の目は涼しげだ。

焦げ茶色の宗匠頭巾《そうしょうずきん》を被《かぶ》り、同色の道服に袖無し羽織を重ね、にこやかな面持ちで景色を楽しんでいる。

初冬の神無月《かんなづき》（陰暦十月）五日、船は定信の希望で南に進んでいる。柳橋《やなぎばし》の船宿夕凪《ゆうなぎ》が仕立てた屋根船は両国橋《りょうごく》から進み、左手に幕府の御船蔵《おふなぐら》を見ながら江戸湾に進んでいる。

寄州《よりす》の枯れ薄《すすき》が川風に揺れ、行き交う船を操る船頭たちの舟唄が冬空に吸い込まれてゆく。

新大橋が近づいたところで、

「但馬、三味線を弾いてくれ」

定信は上機嫌で頼んだ。

一礼すると但馬は中棹《なかざお》の三味線と撥《ばち》を取り、常磐津節《ときわづぶし》の、「老松《おいまつ》」を弾き始めた。三味線の音色に唄も重ねる。

「そもそも松のめでたきこと、萬木《ばんぼく》に優れ十八公《じゅうはっこう》のよそおい、千秋のみどりをなして古今の色を見ず〜」

但馬は朗々と喉《のど》を聞かせた。

長崎奉行の任にあったが抜け荷に関わったという濡《ぬ》れ衣《ぎぬ》を着せられ、小普請《こぶしん》入りとなった。暇な小普請入りをいいことに但馬は三味線の腕を上げた。定信は但馬の辣腕《らつわん》ぶりを高く買っており、遊ばせていては勿体《もったい》ないと御蔵入改方頭取《おくらいりあらためかたとうどり》という役目を与えた。

御蔵入改とは南北町奉行所や火付盗賊改《ひつけとうぞくあらため》が取り上げない訴えや、奉行所の例繰方《れいくりかた》の蔵に封じ込められた未解決事件を扱う。頭取と言っても但馬を入れてたった五人という小所帯だ。

新大橋を潜《くぐ》ったところで但馬は演奏を止《や》めた。定信が自分を呼んだ用向きが気になったのだ。

「うむ、見事であったな。わしも、一つ常磐津を習おうかのう」

定信が相好《そうごう》を崩すと、

「これは、お戯《たわむ》れを」

但馬は定信を見返した。定信は用件に入るようにこほんと空咳《からぜき》を一つして語り始めた。

「懇意にしておる旗本に大河内《おおこうち》十郎《じゅうろう》左衛門《ざえもん》という者がおる」

大河内家は三河《みかわ》以来の名門旗本で当主は代々大番役を務め、家禄七千石の大身《たいしん》だ。知行取り、すなわち多くの旗本、御家人のように幕府から蔵米を支給されるのではなく、知行地を与えられている。大河内家の所領は上総《かずさ》、下総《しもうさ》に点在し、最大は香取《かとり》神宮ちかくの領地だそうだ。

年明けに家督を息子《むすこ》の藤太郎《とうたろう》に譲り、大河内は隠居、悠々自適の暮らしに入るのだとか。

「ところが、最近になって思わぬ事態に至った」

言葉を止め、定信は窓から半身を乗り出し、一点を見つめた。但馬は定信の視線を追う。視線は永代橋《えいたいばし》に向けられている。長さ百二十間（約二百十六メートル）に及ぶ橋には大勢の人が行き交っていた。霊岸島《れいがんじま》と深川《ふかがわ》を結ぶ永代橋は大川に架かる他の橋に比べて新しい。

「あの橋が落ちた時のこと、覚えておるか」

定信は視線を永代橋から但馬に戻した。

「八年前でござりましたな」

但馬が答えたように文化四年（一八〇七）の八月十九日の正午頃、永代橋は崩落した。老朽化が原因だった。当日は富岡八幡宮《とみおかはちまんぐう》の祭礼、しかも十二年ぶりのそれとあってひときわ大勢の人々が橋を渡っていた。人々の重さに耐え切れなくなった永代橋は、真ん中からやや深川寄りの橋桁《はしげた》が崩れ、大勢の人が大川に沈んだ。

祭礼は十五日だったのだが、連日の雨で日延べされたのだった。また、雨により大川が増水して濁っていたこともあり、死傷者、行方不明者を合わせて千四百人を超える大惨事となった。永代橋は幕府が架けた公儀橋ではあったが、維持費がかかると廃そうとした。それを町人たちの強い嘆願により、享保《きょうほう》四年（一七一九）から彼らの管理に委ねられていた。

橋詰には橋番所が設けられ、通行料を徴収し維持管理に当たったのだが、修繕が老朽化に追いつかなかったことと、想定を遥《はる》かに超える人々が押し寄せたために崩れ落ちてしまったのだ。

永代橋が新しいのは、そんな悲惨な事故後に再建されたからである。

「まこと、悲惨な事故でござりました」

但馬は言った。

当時但馬は目付《めつけ》であった。直接事故の調べは担当しなかったが、救助に当たった町奉行所や船手組《ふねてぐみ》と連絡を取り、亡骸《なきがら》の収容、行方不明者の捜索に手を貸した。

「その時に行方知れずとなった者の中に大河内の倅《せがれ》、松五郎《まつごろう》がおった」

松五郎は大河内が屋敷に奉公していた女中のお里久《りく》に産ませた子供であった。お里久は松五郎を身籠《みごも》ると屋敷を出た。大河内はお里久のために深川永代寺の近くに一軒家を借りた。松五郎は十歳で永代橋の事故に遭遇したのだった。

「その行方知れずとなっていた松五郎じゃがな……幸いなことに生きておっての」

喜ばしい話なのに、定信の言い方は奥歯に物が挟まったようである。

「では、この八年の間、松五郎殿はいかがされておられたのですか」

いぶかしみながら但馬は問いかけた。定信は小さく息を吐《つ》いてから答えた。

「自分が誰なのか、わからなかったそうじゃ」

松五郎は永代橋崩落事故により、記憶を失った。

「聞いたことがあります。人は大きな衝撃を受けると、自分が誰なのかさえ忘れることがあると。また、それはいかなる医者にも治せるものではなく、生涯自分が誰なのか不明のまま死ぬ者もおれば、何かの拍子に思い出す者もおる……と」

但馬の言葉に定信はうなずく。

「松五郎は浪人左右田源之助《そうだげんのすけ》に助けられ、左右田の里、常陸《ひたち》の潮来《いたこ》で暮らしておったそうじゃ」

「自分が誰かわからぬままにでござりますな」

「そうじゃ。ところが、先月のことであった。房総《ぼうそう》を大きな地震が襲った。江戸も大いに揺れたゆえ覚えておろう。江戸は幸い大事に至らなんだがな、潮来では神社、仏閣、村の家々の何軒かが崩れた」

左右田の家は地震で倒壊した。大きな揺れの最中、松五郎は記憶を取り戻したのだった。

「不幸なことに、左右田は倒れた柱の下敷きとなり、手当ての甲斐《かい》もなく命を落とした。その際、日誌と護符を松五郎に託した」

松五郎が記憶を取り戻したなら役に立つだろうと、書き記していた日誌であった。

永代橋の崩落事故で左右田が松五郎を助けた経緯から、松五郎の身元を探した子細まで記されていたのだとか。

「護符は摩利支天《まりしてん》のものでな、それを事故の折に松五郎は身につけておったそうじゃ」

身元を知る手がかりになるだろうと左右田は大事に仕舞っていたのだった。

「松五郎は左右田の葬儀をすませると、父や母との再会のために江戸に出てまいった。母親のお里久は息子が生きていると念じ、いつの日にか、必ずや再会できると信じていたそうじゃ。毎日、摩利支天を拝んだ甲斐があったと感激したのだとか。お里久は、大河内に文を送り松五郎に会って欲しいと願い出た」

感慨深そうに定信は話を締めくくった。

大河内は正真正銘の松五郎なのか見分ける自信がないという。行方知れずとなった時、松五郎は十歳の少年、今は十八歳、元服をすませた若侍である。面差し、身体つき、声音、すべて様変わりしていることだろう。

「とは申せ、血を分けた実の息子かどうかわかりそうなものと、そなたは思うかもしれぬな」

定信の問いかけに但馬はうなずく。定信は続けた。

「ところがじゃ、大河内は目が悪くなっておってな……」

右目は失明し、左目は視力はあるものの朧《おぼろ》に霞《かす》んで見えるのだとか。

「お里久は松五郎に違いないと申しておるのでござりましょう。自分の腹を痛めた子を間違えはしないと思うのですが、ひょっとしてお里久は信用ならぬ女と……」

但馬は目を凝らした。

「いや、お里久は素直でよき心根の女だそうじゃ。歳《とし》は三十八だとか。それから、申したように大河内家は嫡男《ちゃくなん》が跡を継ぐ。そのことはお里久も承知し、大河内の御家には一切の迷惑がかからないようにすると文には記してあったそうじゃ。ただただ、大河内に松五郎に会ってやって欲しいとだけ願っておるとな。ま、そうは申しても、大河内とて、八年も行方知れずとなっておった実の息子に会えば、何もせずにはおられまい。家に入れるのは憚《はばか》られるとしても、暮らしが立つように金子《きんす》を渡すくらいはするであろう」

定信の見通しに但馬も同意した。定信は改まるように但馬に向いて頼んだ。

「それで、そなた、松五郎が本物かどうか、探ってくれぬか」

「承知しました。まずは、松五郎殿がどのようなご仁か見てみましょう」

躊躇《ちゅうちょ》なく但馬が引き受けると、

「大河内はお里久を身籠らせた折には奥方を憚って暇《いとま》を出した。奥方はこの春に亡くなったゆえ、金子を渡すに遠慮はなかろうが、もし偽者であったなら、大河内の面目は丸つぶれじゃ。そのことを苦にしておる」

苦笑混じりに首を左右に振った後、定信は言葉を添えた。

「あ、いや、笑い事ですむ話ではないな」

「お一つ、いかがですか」

燗《かん》のついた酒を但馬は定信に勧めた。定信は杯で受け、一口飲むと頬を緩め、

「それから、例の一件であるが」

と、おもむろに切り出す。

例の一件とは但馬が長崎奉行を辞することになった抜け荷騒動である。

「朧気ながら暗躍しておる者の一人の素性がわかった」

定信は言った。

幕政から身を引いた後も幕閣には定信の下、寛政の改革を担った老中たちが残っており、

「寛政の遺老」と称され、定信は彼らを通じて今尚《いまなお》大きな影響力を保っている。

但馬は身構えた。

「小普請組、小野寺清十郎《おのでらせいじゅうろう》じゃ」

「小野寺ですか」

但馬の声が低くなった。

心当たりがある。小野寺とは目付の時、同僚であった。小野寺は長崎奉行への昇進を強く願い但馬と争った。老中たちに賂《まいない》を送ったとも耳にしている。ところが、贈賄《ぞうわい》の資金を得るため、屋敷内で博徒に賭場《とば》を開帳させているのが発覚して目付を辞し、無役である小普請組入りしたのだった。賭場を開帳していると発覚したのは但馬の讒言《ざんげん》によると、小野寺は信じているそうだ。

やはりといえばやはりだが、小野寺の卑劣さに憤《いきどお》りを覚える。

「小野寺は小物じゃ。小野寺には黒幕がおる。その者を探っておるところじゃ」

定信の言葉に但馬は、「よろしくお願い致します」と、頭を下げた。

「船遊びも面白いものであるな」

定信は視線を大川に移した。

「まこと、風流なものでございます」

但馬は再び永代橋を見た。

大河内松五郎に限らず、あの事故によって運命が変わった者も少なくないだろう。

二

その頃、八丁堀《はっちょうぼり》の鶴《つる》の湯《ゆ》の二階では、南町奉行所元臨時廻り同心大門武蔵《だいもんむさし》が醬油《しょうゆ》問屋蓬萊屋《ほうらいや》の隠居、善兵衛《ぜんべえ》相手に将棋を指していた。歳は四十、力士のような身体を縞柄《しまがら》の小袖に包んでいる。脇《わき》には黒紋付と十手が置かれていた。

武蔵の斜め後ろには頭を丸めた年齢不詳の男が控えている。桃色地の小袖の裾《すそ》を絡《から》げ、真っ赤な股引《ももひき》を穿《は》いてちょこんと端座していた。武蔵同様、派手な小紋の羽織は畳んで横に置いてある。ただ、武蔵が黒紋付を脱ぎ散らかしたように置いてあるのに対し、股引姿の喜多八《きたはち》は几帳面《きちょうめん》に折り畳んでいた。秋も終わったというのに、扇子を忙《せわ》し気《げ》に使い、汗っかきの武蔵を煽《あお》いでいる。

武蔵と喜多八は荻生但馬を頭取とする御蔵入改に属していた。

喜多八は武蔵の背後から将棋盤を覗《のぞ》き込んで口を挟んだ。

「ああっ、そいつはどうにも」

「うるさいぞ、邪魔をするな」

声を荒らげ武蔵はかっかしている。今日はここまで三連敗を喫しているのだ。負けるたびに、「もう一番だ」と善兵衛に挑む。

　何せ金一分がかかっているのだ。以前は一局毎に一分であったのだが、武蔵の負けが込み、その日何局か対局して勝ち越した方が一分を受け取ることになった。

「ようござんすよ」

　余裕たっぷりに受ける善兵衛に、余計に闘争心をむき出しにする武蔵である。

「ごゆっくり、お考えくださいな」

　善兵衛は煙管盆《キセルぼん》を引き寄せ、煙草《たばこ》を喫し始めた。武蔵は太い眉《まゆ》を寄せ、団子鼻に汗をかきながら親の仇《かたき》に会ったような勢いで将棋盤を睨《にら》んでいる。太い指を角に伸ばすと、またしても喜多八が声をかけようとした。

　思わず武蔵が指を引っ込めたところで、通りすがった大工風の男が博打《ばくち》ですったと嘆き、

「おらあ、もう、死にたいぜ」などと言い添える。すると善兵衛が、

「人間、死のうたってね、そうそう死ねるもんじゃないね」

　などと悟り切ったような顔で言った。

「なんでげす、ご隠居、何かあったんでげすか」

　喜多八が問いかけると、

「まあ、こんなあたしでもね、死にたいと思ったことがあるのさ」

善兵衛は煙管の雁首《がんくび》を煙管盆の縁《ふち》に叩《たた》きつけた。思いがけない発言に武蔵も将棋盤から顔を上げ、善兵衛を見た。

「いや、そんな大したことじゃないよ」

慌てて善兵衛は取り繕ったが、

「よろしかったら、お聞かせくださいよ」

喜多八が頼み、武蔵もうなずく。

「いや、ほんと、大した話じゃないんだ」

「そうおっしゃられると益々気になるでげすよ。ねえ、武蔵の旦那」

自分の野次馬根性を紛らせるかのように喜多八は武蔵に賛同を求めた。

「ご隠居、おれも気になって妙手が思い浮かばん」

腕組をして武蔵は言った。

善兵衛は、「参ったなあ」と呟《つぶや》き、それならとおもむろに語り出した。

「ほら、八年前、永代橋が落っこちただろう」

善兵衛が切り出すと、

「ああ、ありゃ凄《すご》かったですね。ほんと、やつがれもね、富岡八幡さんにお参りに行くつもりだったんですよ。それがね、前の晩のお座敷で散々飲んじゃいまして。あ、いえね、無理に飲まされたんでげすがね。それで、朝から頭ががんがん、割れるように痛くって、寝込んでましたんでね、行きそびれてしまったんでげすよ。で、まあ、永代橋が落ちたっていうじゃないですか。それ聞いてね、ああ、ほんと、行かなくてよかったって、ほっとしたんでげす。あんときゃ、神さま、仏さまに感謝しましてね。こりゃ、ついているってんで、富くじを買ったんですがね、世の中そんなに甘くないって言いますか、かすりもしなかったでげすよ。でもね、命あってのものだねでげすからね……」

聞かれもしないのに、喜多八はべらべらとまくし立てた。善兵衛の話の腰を折ったとあって、

「少しは黙ってろ」

武蔵が叱責《しっせき》すると、喜多八は首をすくめた。

「それで、ご隠居、どうしたんだ」

改めて武蔵が問いかけると、

「あの頃はね、店が傾いていたんだ。というのはね、あたしがいけないんだよ。とにかく、店の売り上げを上げようとしゃかりきになっていてね、それで、新しい出入り先の獲得に躍起になっていた。で、大口の出入り先をとれたんであたしは喜んで、品物を納めた。掛金は随分と溜《た》まったね。倅には止められたんだ。用心した方がいいってね。でね、あたし

はむきになってしまった。倅を口先だけだと侮っていたし、まだまだ商いには口出しさせないって気概、いや、意地だね。意地を張っていたんだ。で、それが裏目に出てしまった」

善兵衛はその出入り先の掛け取りに向かった。

「で、掛金は未払いになったんでげすね」

すかさず喜多八が口を挟むと武蔵に睨まれた。喜多八は手で口を覆った。

「いや、幸い掛金の百両は回収できたんだ。ところが、それがいけなかった。あたしはね、親父は人が好《よ》すぎる、商いは厳しいんだって生意気を言う倅への反発からどんなもんだと驕《おご》ってしまってね。すっかり、いい気になって、酒を飲んじまった。普段なら、掛け取りの帰りに酒なんか飲みやしない。真っすぐに店に帰る。でも、あの時はついつい飲んでしまった。しかも、真昼間だ。昼間の酒は酔うっていうけど、あたしは千鳥足で店を出ると永代橋を渡ろうとしたんだ。すると、人にぶつかった。こっちは酔っているってわかっているから、自分が悪いって思って詫《わ》びたんだよ」

詫びてからはっとした。

懐中に手をやると掛金がない。百両は袱紗《ふくさ》に包んであった。

「やられた、って気づいた時には遅かったよ」

せっかく回収した百両をすられてしまった。

驕り、調子に乗った自分のことが善兵衛は情けなくなった。息子へ顔向けできない。後から思うと、酔いで気持ちの制御ができなくなっていたのだ。

善兵衛は身投げしようと永代橋に行き着いた。

「ところが、あたしもどじだ。真昼間、永代橋は人の往来が絶えないからね。身投げなんてできやしない。ましてや、あの日は富岡八幡さんのお祭りで芋《いも》を洗うような有様だった。身投げどころか、渡るだけでも大変なくらいだった。自分の馬鹿さ加減に呆《あき》れていると、凄い音がしてね」

目の前で永代橋が崩落したのだった。

「びっくりしたね……目の前で大勢の人たちが命を落としていくんだ。どうすることもできなくてね、あたしは腰を抜かしてしまったよ」

すっかり酔いが醒《さ》めてしまった善兵衛は死ぬ気が失せたそうだ。

息子は百両を取り損なった善兵衛を責めるどころか、その瞬間に永代橋を渡っていなくてよかったと無事を喜んでくれたのだそうだ。

「それがきっかけで、倅に店を任せることにしましたよ。で、三年前からすっぱりと隠居した次第でね」

しんみりと善兵衛は語り終えた。

もう話の邪魔にはならないだろうと思ったのか喜多八は口を開き、

「まったくでげすね。人生はどうなるかわかったもんじゃないでげすよ」

もっともらしい顔で言い立てた。

「ほんとだな」

武蔵も真顔で応じると将棋盤に視線を落とし、やっぱりこうだと角を動かした。

すると、

「王手」

善兵衛は武蔵の王の頭に持ち駒の金を打った。

「こりゃ、詰みでげすよ」

喜多八は扇子を開いてひらひらと振った。

武蔵は舌打ちすると渋面になって呟いた。

「まったく、世の中、どうなるかわかったもんじゃないな」

ここにも御蔵入改がいる。

北町奉行所元定町廻《じょうまちまわ》り同心緒方小次郎《おがたこじろう》は妻の墓参をし、八丁堀に帰って来た。娘晴香《はるか》と一緒にと思ったのだが、あいにくと娘は風邪《かぜ》を引き、大事をとって屋敷で寝ている。二十五歳の男盛りである。彫りの深い整った顔立ちは誠実さと折り目正しさに満ちている。が、その反面、融通の利かない一徹者という印象も与える。小次郎は二年前の春に妻和代《かずよ》を亡くした。

和代は病死ではない。

何者かに斬殺《ざんさつ》されたのだ。しかも下手人は不明のままである。わが手で下手人を捕えない内は、和代は成仏《じょうぶつ》できない、と、日々小次郎は誓っている。

晴香のための菓子を買おうと茶店に入った。楓《かえで》川に架かる越中《えっちゅう》橋の袂《たもと》である。

すると、

「旦那」

と、背後から女に声をかけられた。

やはり、御蔵入改のお紺《こん》である。

お紺は髪を結わず、洗った時のまま下げた、いわゆる洗い髪を鼈甲《べっこう》の櫛《くし》で飾っている。水茶屋の看板娘に多い、伝法な髪型だ。着物も紫地に蝶《ちょう》が描かれ、紅《くれない》の帯を締めるといった派手な装いで、行きかう男たちの視線を集めそうだ。派手といえば、草履《ぞうり》の鼻緒は真っ赤で素足の指に紅《べに》を差していた。

髪が風になびき、紅を差したおちょぼ口が艶《なま》めいている。

「これ、どうだ」

頼んだ草団子を小次郎はお紺に渡した。お紺は遠慮なくと礼を言って食べ始めた。

「旦那、亡くなられたお内儀《ないぎ》の墓参ですか」

お紺が問いかける。

「まあな」

気のない返事を小次郎がしたためか、

「ご無礼をいたしました」

お紺は詫びた。和代が殺されたことをお紺は気にかけ、無神経だと自分を咎《とが》めたようだ。

「詫びることはない」

小次郎は言ってから、

「お頭からの呼び出しはないのか」

と、問いかけた。

「このところ、ありません。緒方の旦那は生真面目《きまじめ》でいらっしゃいますね。大門の旦那なんか、お役目がないのをいいことに羽根を伸ばしていらっしゃいますよ」

お紺は肩をそびやかした。

小次郎はその発言には何も返さない。

「あ、そうそう。お頭は、八年前の永代橋の事故について調べておられるようですよ。あたしは、その頃は長崎でしたんで、知らないんですけど。緒方の旦那は覚えていらっしゃるんでしょう」

お紺は長崎で大道芸人の一座に属し、水芸をやっていた。但馬が長崎奉行の時、仲間が殺しの容疑をかけられた。芸人ということで長崎奉行所の役人に色眼鏡《いろめがね》で見られたのだが、但馬は公正な探索と裁きでその仲間の濡れ衣を晴らしてくれた。それをきっかけに、お紺は但馬を慕い、江戸までついて来たのだ。

「覚えているとも。まだ、見習い同心だったがな」

永代橋崩落事故、小次郎は必死で救助した思い出があるだけに、

「お頭はどうしてあの事故を調べておられるのだ。まさか、御蔵入した一件があるというのか」

と、強い興味をひかれて問いかけた。

「もし、そうなら、あたしたちにも調べるようお声がかかりますよ」

「それもそうだな」

小次郎は茶を一口飲み、空を見上げた。

蒼天《そうてん》に鱗雲《うろこぐも》が広がっている。永代橋が落ちた時も晴天だった。雨天が続いた後の青空だっただけに、目に沁《し》みるようだった。天上の美しさとは正反対の地上の惨事を、小次郎は忘れられない。大川に落ちた者たちの叫びが耳朶《じだ》にこびりついている。

「どうしました」

お紺に問われ小次郎は我に返った。

「あの事故では大勢の者が死んだ。中には身元が知れなかった仏もあったし、亡骸が見つからなかった者だっている」

「大変な事故だったんですね」

お紺もしんみりとした。

「表沙汰《おもてざた》に出来ないこともあったのだ」

小次郎は言った。

「それは」

お紺が興味を示した。

「もちろん、はっきりとはしないから、わたしも掘り下げることまではできなかったのだがな」

「本当に生真面目な旦那ですね」

くすりとお紺は笑った。

意に介さず、小次郎はおもむろに語り始めた。

「実はあの事故で行方知れずとされた者の中に、盗人《ぬすっと》、噂話《うわさ》の三蔵《さんぞう》がいるとされた」

噂話の三蔵は江戸市中を荒らしまわる盗人一味の頭領だった。この一味の常套《じょうとう》手段は、事前にあらぬ風説を流し、その混乱に乗じて盗みに入るというものである。小次郎は見習い同心であったため、上役の指示で一味の隠れ家を探し回っていた。地道な探索の成果があって、一味の隠れ家が判明、捕物出役《しゅつやく》がなされた。一味は一網打尽にされたが、三蔵は取り逃がしてしまった。

幸い、三蔵らしき男の隠れ家もわかり、再び捕物出役した。今度は逃がさぬよう昼間に襲ったのだった。三蔵は永代橋近く、佐賀町《さがちょう》の三軒長屋に住んでいた。小次郎たちが急襲すると、三蔵は逃亡した。

小次郎たちは必死で追いかけた。

「永代橋に差し掛かった。しかし、永代橋は大変な人出でな」

あまりの人混みゆえ、橋に入ることさえできなかった。

「すると」

小次郎は言葉を止めた。

「橋が落ちたのですか」

お紺が問いかける。

「それはすさまじい光景であった。一瞬、何が起きたのかわからなかった」

小次郎の眼前で橋が落ち、橋の上にいた人々が川に放り出された。

「阿鼻《あび》叫喚だった」

小次郎は言葉を足した。

「三蔵の行方はわからなくなったのですね」

「大変な騒ぎだった。三蔵の行方も肝心だが、それより、目の前の者たちを助けるのが先だった」

数日経過しても三蔵の行方は知れなかった。亡骸も見つからなかったのだ。

「それっきり、三蔵の行方は知れぬ。川に流され海の藻屑《もくず》となったのだろうと奉行所では結論づけた。実際、あれから三蔵らしき盗人は現れていないからな」

小次郎は話を締めくくったものの、長らく胸に仕舞っていたわだかまりが蒸し返された。

三

四日後、但馬は黒紋付に仙台平《せんだいひら》の袴《はかま》姿で大河内屋敷を訪ねていた。すぐに、御殿の客間に通される。

程なくして大河内が一人の家臣の肩を借りながらやって来た。袴は穿かず、黒地の小袖を着流していた。但馬が一礼すると大河内は軽くうなずく。齢《よわい》五十五と聞いていたが、白髪交じりの髪、眉間《みけん》に刻まれた深い皺《しわ》、覚束《おぼつか》ない足取り、丸まった背中が、実年齢よりもかなり上、はっきり言えば六十代半ばの老人のように見せていた。

肩をかしていた家来は四十前後、浅黒く日焼けし、頬骨が張った面差しで、がっしりとした身体を羽織、袴に包んでいる。眼光鋭く、いかにも出来る男という印象を与える。

「大河内家用人の室田平助《むろたへいすけ》にございます」

室田は背筋をぴんと伸ばして平伏した。挨拶《あいさつ》を終えると、

「楽翁さまより、荻生さまをご紹介頂きまして、御前も心強く思っておられます」

室田は言葉を添えた。

直参旗本は、千石未満では「殿」、以上では「御前」と尊称される。

「お力になれればと存ずる」

但馬が返すと、

「松五郎……」

呟くように大河内は言った。その声音には行方不明だったわが子会いたさの念が滲《にじ》み出ていた。

「楽翁さまのお話によりますと、松五郎殿には摩利支天の護符を与えられたとか」

但馬が問いかけると、大河内はそうだと短く答えた。すると、

「御前は護符に直筆の書付を入れておられます」

室田が言い添えた。

「なるほど、護符はしかとした証《あかし》なのですな」

但馬は納得した。

次いで、

「大河内殿、正真正銘の松五郎殿であったなら、いかがなさるおつもりか」

と、但馬は問いかけた。

「然《しか》るべき待遇を与えたい」

大河内の答えには曖昧《あいまい》さを覚える。然るべき待遇とは何だ。但馬は室田に顔を向けた。

「御前にあられては、松五郎さまのお望みのものがあるとしましたなら、それを叶《かな》える……いや。はっきりと申した方がよろしいですな。金子五百両にございます。それによりまして、大河内家との関係を断って頂きます」

乾いた口調で室田は言った。

但馬は苦笑を漏らし、

「息子とわかった途端に手切れ金ですか」

皮肉たっぷりに返した。大河内は顔をそむけたが、室田は動じない。

「藤太郎さまが家督を継がれます」

「いや、事情はわかる。この先、松五郎殿が大河内家に関われば藤太郎殿にとって不都合が生じるやもと懸念されておられるのであろう」

「さようでござります。御前は断腸の思いでご決断されました。不遜《ふそん》な物言いをさせて頂くなら、八年前、松五郎さまがお亡くなりになっておられたのであれば、そこで御前はご覚悟なされたのでござります。それが……」

言葉が過ぎると思ったのか室田は唇を嚙《か》んだ。

「それが、なまじ生きておるかもしれぬということで未練が生じたと申したいのだな」

但馬の言葉に室田は一礼した。

すると廊下を足音が近づいてきた。

「御免」

力強い言葉と共に若侍が入って来た。

「若」

腰を浮かし慌てた様子で室田が声をかけた。

嫡男の藤太郎であろう。

「荻生殿、ご無礼を承知で同席させていただく」

但馬に軽く頭を下げ、藤太郎は大河内の横に座った。

小太りだが逞《たくま》しい身体つきだ。丸顔ゆえ温厚そうだが、細い両目が吊《つ》り上がっており、団子鼻である。お世辞にも男前とは言えない。横の大河内にはあまり似ていない。大河内は、若かりし頃はさぞや男前であっただろうと想像させる顔立ちだ。

藤太郎は母親似なのかもしれない。

想像するに松五郎は男前なのではないか。武家の正室は家同士の結婚である。自分が好いた女を娶《めと》るわけではない。その点、側室となれば違う。自分好みの女に手をつける。その場合、男というものは見目麗《みめうるわ》しき女を求めるものだ。

正室は側室に嫉妬《しっと》する。出自卑しき女が見てくれで崇《あが》められるのを嫌う。そして側室が産んだ子もよくは思わない。自分に子がないのならまだしも、しっかりと男子を産んだのなら側室の産んだ男子は憎悪と警戒の対象となろう。

「荻生殿、父はこの通り目が不自由でござる。よって、父の名代として拙者が参る」

藤太郎が申し出ると、

「藤太郎、ならぬ」

甲走《かんばし》った声で大河内は制した。

「父上、拙者にお任せくだされ」

藤太郎は言った。

「差し出がましいぞ」

大河内が叱責を加えると、

「拙者は大河内家を継ぐ者、御家にもしものことがあってはご先祖さまに申し訳が立ちませぬ」

たじろがず藤太郎が返す。大河内は顔を歪《ゆが》ませわなわなと唇を震わせた。但馬が間に入る。

「藤太郎殿、松五郎殿と会ったことはござるのかな」

「ござらぬ。松五郎の母は父の子を身籠りすぐに当家を去りましたのでな」

「藤太郎殿はおいくつにござる」

「二十三です。松五郎は十八とか」

藤太郎は室田を見た。さようにござりますと室田は答えた。

「藤太郎殿、会ったこともない弟御を本物かどうか見分けられるものですかな」

但馬は藤太郎に顔を向け目を凝らした。

藤太郎はにんまりと笑い、

「本物であろうと偽者であろうと関係ござらぬ。手切れ金を渡し、当家とは関係ないと一筆書かせる所存です」

と、胸を反らせた。

「藤太郎……おまえという男は……血を分けた弟を慈しむ心はないのか」

首を左右に振り、大河内が嘆いた。藤太郎は大河内に向き直った。

「お言葉ではござりますが父上、会ったこともない男を弟と言われましても慈しむことなどできませぬ」

「血は水より濃いのじゃ。おまえにも人の血が流れておろう」

「むろん拙者は父上の子、父上のお気持ちはわかります。わかりますゆえ、松五郎には拙者が会うと申しておるのです。父上は情にほだされて、大河内家に災いとなるご判断をなされるやもしれませぬ。御家のことばかりではございませぬ。父上ご自身が心配でなりません。松五郎と会い、なまじ、情を通わせては別れが辛《つら》くなりますぞ」

これまでの居丈高《いたけだか》な態度とは一転、藤太郎は諭すような口調となった。

「それは……」

大河内は苦悩を滲ませた。

「室田、異存あるまいな」

強い眼差《まなざ》しで藤太郎に念を押され、

「御意にございます」

室田も受け入れた。

大河内は黙り込んだ。藤太郎はそれを了解と受け止めたようで、

「荻生殿、そういうわけで拙者が参る」

改めて言った。

これでよいのだろうか。いや、それでは、松五郎が本物かどうかを調べて欲しいという定信の意向に反する。松五郎が本物か偽者か、大河内家が縁を切ろうが切るまいが、確かめねばなるまいと、但馬は使命感に燃えた。大河内家とは別に個人で探索をしようかと思っていると、

「荻生殿、同道願えますかな」

案に相違して藤太郎が頼んできた。

おやっという顔を但馬は返す。

「立会人になって頂きたいのでござる」

金子を渡す代わりに大河内家との関係を断つことを了承した、立会人になることを求めているのである。随分と身勝手な要求だが、松平定信に松五郎が本物かどうか調べると請け合ったというだけでなく、その見極めに興味も湧いた。

「承知した」

但馬は受けた。

気がはやった藤太郎が松五郎とお里久に理不尽な振る舞いをせぬよう見張ってもやろう。

自分の希望通りとなり機嫌を良くしたようで、

「ご足労をおかけ致す」

と、藤太郎は丁寧に頭を下げた。

次いで室田に視線を向けて命じた。

「そなたも同道せよ」

「御意にござります」

慇懃《いんぎん》に室田は頭を下げた。

藤太郎が一転して顔を綻《ほころ》ばせる。

「ところで、荻生殿。長崎帰りで、阿蘭陀《オランダ》流の剣術を会得しておられるとか」

「さほどでは」

「ご教授願いたいものですな」

「教授するようなものではござらぬ。藤太郎殿は腕に覚えがあられるのでしょうな」

但馬の問いかけに、藤太郎に代わって室田が答えた。

「小野《おの》派一刀流、免許皆伝であられます」

「それは大したものですな」

但馬は藤太郎の手を見た。太い指は節くれだち、木刀の素振りを怠らぬからであろうタコが出来ている。

「では、これにて」

藤太郎は一礼して立ち上がった。

四

あくる十日の昼九つ（正午）、但馬は深川永代寺近くにあるお里久の家にやって来た。一軒家と聞いていていたが、庭があって女の一人住まいには広すぎる。大身旗本からの援助を受けたればこその住まいだ。黄色く色づいた菊が目にも鮮やかに咲き誇り、風に揺れている。

「さて、来たはよいが……」

とりあえず、松五郎の姿を確かめておこうか。藤太郎と室田はまだ来ていないかと振り向くと同時に、

「お待たせ致しました」

室田が声をかけてきた。藤太郎もいる。

「さっさと、すませようぞ」

藤太郎が言うと室田は格子戸《こうしど》を開けた。

御免と声をかけるとすぐにお里久と思《おぼ》しき女が出て来た。色白で細面、四十路《よそじ》に入ろうかという、整った顔立ちの美人である。

ずく。

「よくぞ、おいでくださいました」

女は里久だと名乗った。目を凝らしていた室田が、間違いないというように小さくうなずく。

お里久の案内で奥の座敷に通された。障子が開け放たれ庭が見通せる。落ち葉がきれいに掃き寄せられ、銀杏《いちょう》が色づいていた。

座敷の隅で若侍が平伏していた。黒紋付、袴に威儀を正し、両手をきちんと畳に揃《そろ》えていた。室田がお里久に文を出し、大河内本人ではなく藤太郎が、直参旗本荻生但馬立会いで訪問する旨は伝えてあった。

お里久は座敷の隅に控えた。藤太郎は上座に座りこほんと空咳をした。若侍は顔を上げ、

「松五郎にござります」

と、凛《りん》とした声を放った。

輝くような男前である。目元涼やかで眉目秀麗な若侍だ。素性卑しからぬその様子に藤太郎は一瞬言葉をなくした。

それでも威厳を取り繕うように大きくうなずき胸を張った。

「藤太郎である。父の名代で参った」

すると松五郎は両目をきらきらと輝かせ、

「兄上！　お会いしとうございました」

と、声を限りに叫び立てた。

お里久は目頭を押さえる。

藤太郎は松五郎を見返して言った。

「松五郎……であるか」

「はい、松五郎にござります」

松五郎は答えた。

「まこと、そなた松五郎であるのだな」

念押しをし、藤太郎が確かめたところで、室田が持参の袱紗包みを出そうとした。すかさず但馬が、室田を制して松五郎に問いかけた。

「摩利支天の護符をお持ちですかな」

「はい……」

松五郎はうなずき襟元に手を差し入れた。護符を取り出して但馬に手渡そうとしたが、向き直って藤太郎に差し出した。藤太郎は護符を手に取り、中を検《あらた》めた。一枚の書付を摘《つま》み出し畳の上で広げる。次いで黙って室田に渡した。室田もそれをしげしげと眺める。

「父上の字であるな」

ぼそっと藤太郎は室田に告げた。室田も、間違いございませぬ、と答えた。

「兄上、父上は病だとか」

松五郎は問いかけた。

「さよう」

「お見舞いさせてください」

松五郎は訴えかけた。

室田が、

「それはできませぬ」

冷めた口調で言う。

するとそれまで沈黙を守っていたお里久が、

「決してご迷惑はおかけしません。どうか、一目だけでも松五郎を御前さまに会わせてやってください」

と、必死の顔で訴えかけた。

室田が紫の袱紗包みを畳の上に置き、はらりと広げた。次いで、懐中から書付を取り出して、

「これにて大河内家とは関わりなしと、一筆入れてくだされ」

と、冷徹な口調で告げた。

「あ、あの……それは」

お里久は松五郎の横に進み出た。松五郎は気色《けしき》ばむ。

「兄上、これはあまりにご無体な仕打ちではございませぬか。わたしは金が欲しいのではございませぬ。母とて同じです」

続いてお里久も言う。

「決して大河内家にご迷惑はおかけしません。一目でよいのです。御前さまに松五郎の成長した姿を、立派な若侍となった姿をお目にかけたいだけでございます」

藤太郎は横を向いた。

室田が答える。

「お気持ちはわかり申す。しかし、事はさほど容易ではないのだ。お里久殿、我慢してはくれぬか」

「一目だけでよいのです」

お里久は藤太郎に重ねて訴えかける。

「できませぬ」

きっぱりと室田は拒む。

「松五郎がこの八年、どんな思いで過ごしてきたとお思いになられますか。どうか、松五郎の気持ちをお汲《く》み取りくださいい」

お里久を見返した藤太郎は乾いた口調で告げた。

「この八年と申すが、何も覚えておらなかったのであろう」

「兄上、確かにこの八年間、わたしは自分が誰であるのかもわかりませんでした。ですが、幸いにして地震の衝撃で自分を取り戻しました。本日、兄上に初めてお目にかかったにもかかわらず、懐かしさを覚えました。それは、同じ血が流れているからだと思うのです」

松五郎は切々と主張した。

「ふん、都合よきことを申しおって。拙者はそなたになんぞ何の懐かしみも抱かなかったわ」

肩を怒らせ藤太郎は返した。

「お里久殿、金子を受け取られよ」

室田は言った。

「受け取れませぬ」

強い口調でお里久は拒んだ。

やおら藤太郎が立ち上がった。

「受け取らぬのならそれでよい。どのみち大河内家の敷居は一度たりとも跨《また》がせぬ。それに護符を所持しておるからと申して、まことの松五郎かどうかはわからぬ。松五郎の所持しておった護符を奪ったのかもしれぬ」

「それはござりませぬ。そうであるなら、何故《なにゆえ》八年も時をかける必要があるのですか」

松五郎も立ち上がり藤太郎と対峙《たいじ》した。藤太郎は踵《きびす》を返し、

「室田、帰るぞ」

と、声をかけるや玄関に向かった。室田は袱紗包みと書付を手に腰を上げ、

「お里久殿、今日のところは帰る。じっくりと考えてくだされ。今後の暮らしを考えれば、決して無駄にはならぬと存じますぞ」

と、言葉を添えて藤太郎の後を追った。但馬はひとり残るわけにもいかず、玄関に向かった。背後でお里久の嗚咽《おえつ》が聞こえる。

表に出たところで、

「荻生殿、無駄足となり申し訳ござらぬ」

藤太郎が詫びた。

「いや、そのことはよいのでござる。わたしの目にはまことの松五郎殿と映りましたが

な」

「さようでござるか。しかし、申しましたように、たとえ正真正銘の松五郎であっても、当家との関係は断つべきでござれば」

毅然《きぜん》と藤太郎は言った。

「どうでござろう。松五郎殿と一献傾けられては。弟とは認めぬにしても、一度くらい兄弟の絆《きずな》を確かめられてはいかがかな。言葉を交わす内に松五郎殿が本物かどうか見極められもしましょう」

但馬の提案を藤太郎は薄笑いを浮かべ一蹴《いっしゅう》した。

「あいにくですが、わたしは酒はたしなまぬ。下戸《げこ》ではないが武芸修行の妨げになるゆえ遠ざけておる」

それには但馬は答えなかった。藤太郎は但馬から室田に視線を移して命じた。

「室田、あとはそなたに任せる」

「承知しました。ですが、どうしてもお里久殿と松五郎さまが応じなかったなら、いかがしますか」

室田は暗い目で問う。

「応じさせよ」

居丈高な物言いで命じると藤太郎は足早に歩きだした。

「室田殿」

但馬が呼びかけると歩きだした室田は立ち止まった。

「室田殿、よもやとは存ずるが、お里久殿と松五郎殿が応じぬ場合……」

但馬は言葉を止めた。まさかとは思うが、松五郎とお里久の命を奪おうというのでは。

「ご安心ください。拙者は大河内家に仕える者にござります」

室田は但馬の推察を否定した。

その言葉に偽りはないか但馬は目で問いかけた。室田は但馬の意を汲み取り、

「拙者、御前よりお里久殿と松五郎さまの暮らしが立つよう目配りを命じられておりました。ずばり申せば、月々、金子を届けており、その際、お里久殿の文を預かり御前に届けてもおりました。むろん、松五郎さまのお健やかな様子も御前に報告しております。松五郎さまが行方知れずとなってからは足が遠のいておりましたが、お二人の身を案ずる御前の気持ちはよくよく承知しております。拙者とてお二人の望みを叶えて差し上げたい。せめて、不自由なく暮らせるよう配慮したいと考えております」

その疑念を払うかのような明瞭さで延々と答えた。

「貴殿を疑ったこと、あいすまぬ。お里久殿も松五郎殿も金子よりも大河内殿との再会を

望んでおられる。一目でも会わせてさしあげたらいかがか。屋敷でなくともよいのでは。さすれば、お里久殿と松五郎殿の気も晴れましょう」

「そうしたいのは山々ですが、藤太郎さまが承知しませぬ」

室田は苦渋を滲ませた。

「内密に会わせてさしあげたらいかがかな」

「それは……」

「一度だけでも」

「それをしてしまったら、御前の未練が残るかと存じます」

「しかし、このままではいずれ血を見ることにもなりかねませぬぞ」

大河内と室田にその気はなくとも、藤太郎が強硬手段に出ぬとは限らないと但馬は懸念を示した。

「そうならぬよう努めます」

室田は言った。

「わたしもできるだけのことは致そう」

「畏《おそ》れ入ります」

室田は深々と頭を下げた。

「ならば、これにて」

但馬は言った。

室田は踵を返し藤太郎を追いかけた。

「さても、厄介であるな」

但馬は空を見上げた。

天高く鱗雲が流れていた。

五

数日が過ぎた。

ただならぬ噂が流れ始めていた。八年前の永代橋崩落は事故ではなく、何者かによって仕組まれたものだというのだ。

しかし、南北町奉行所は噂だけでは動けないと、それを無視している。

そんな最中、柳橋の船宿夕凪の二階に御蔵入改方が集まった。ささやかながら、夕凪の二階が御蔵入改方の役所なのであった。

「へへへへっ」

喜多八は両手をこすり合わせている。

「なんだい、喜多さん、薄気味悪いねえ」

お紺は鼻白《はなじろ》んだ。立膝《たてひざ》をつき、洗い髪をかき上げる仕草は色香を漂わせている。

「おっと、お紺姐《ねえ》さん、ご挨拶ですよ。姐さんだって、期待してきたんでしょう」

喜多八は武蔵を見た。武蔵は爪楊枝《つまようじ》で歯の隙間《すきま》を掃除していた。小次郎は端座したまま但馬の言葉を待っている。但馬が言葉を発する前に喜多八が言った。

「永代橋の事故ですよね。あれを調べろってこってしょう」

「そうなんですか」

お紺はまた洗い髪をかきあげた。

「いや、今のところは探索の依頼などない」

但馬は言った。

喜多八が目をむいて、

「そりゃねえでしょう、すげえ噂になっているんですよ。ありゃ、事故じゃないって、そりゃもう、町中その話でもちきりでげすよ」

ぱたぱたと扇子を開いたり閉じたりした。

「噂で探索を行うわけにはまいらぬ」

小次郎が喜多八を諫《いさ》めた。

「そりゃそうですけど、火のない所に煙は立たないって言うでげしょ」

賛同を求めるように喜多八は武蔵を見た。武蔵はあくびをしながら言う。

「探索するにしても、褒美が出ないことには骨折り損だ。今更、八年前の事故を蒸し返して、褒美を出そうなんて酔狂な者なんぞ、いねえだろう」

「そうだよ」

お紺も賛同した。

「いや、やつがれは、探索してくれってご仁がきっと現れると思うでげすよ」

「どうして、そう言い切れるのだ」

武蔵が問いかけると、

「やつがれの勘でげすよ」

この鼻がくんくんと蠢《うごめ》くのだと、喜多八は自分の鼻を指で撫《な》でた。

「ふん」

武蔵はその鼻を摘んだ。

「いてててて、か、勘弁してくださいよ」

喜多八が顔を真っ赤にして言った。武蔵は笑った。小次郎が但馬に問いかけた。

「お頭、して、我らを呼び出されたのはいかなる御用向きにござりますか」

いかにも生真面目な小次郎らしい態度に微笑《ほほえ》みつつ、但馬はおもむろに口を開いた。

「喜多八が先走ったように、八年前の永代橋の事故についての噂が出回っておる。だが、南北町奉行所をはじめ、御公儀で探索し直す動きはない。むろん、我ら御蔵入改に探索の要請が出されてもおらぬ」

途端に、

「なんだ」

喜多八は肩を落とした。

「みろ」

武蔵は鼻で笑った。

但馬は表情を引き締め、続ける。

「但《ただ》し、そのような噂が流れているというのは気になる。喜多八が申すように火のない所に煙は立たぬ。よって噂の火元を気にかけて欲しい。気にかけよとはもって回った言い方であるが、これは命令ではなく、各自心がけてもらいたいということだ」

小次郎が問う。

「お頭、噂の背後に何者かの意思が働いておるとお考えなのでござりますか」

「きな臭いものを感ずるな」

　但馬は答えた。

「たとえば、犠牲になった者の遺族とか……」

　お紺が言った。

　それを武蔵が咎めた。

「冗談じゃねえぞ。死んだ者、怪我《けが》をした者、行方知れずとなった者、千四百人以上だ。そんな大勢を調べられるもんか」

「遺族だって何処《どこ》に住んでいるか知れやしませんや」

　喜多八も言った。それに対し小次郎は反論を加えた。

「目をつけるべきは噂の出所なのだ。読売も出回るだろう。もし、意図をもって事故ではなかったと噂を立てている者がおるとすれば、読売の記事に注意してみるのもよいのではないか」

　武蔵はそっぽを向いた。

「ふん。おれはな、一々、読売を読む程、暇じゃねえよ」

「湯屋の二階で読んでいるじゃござんせんか」

　喜多八が言うと、「うるせえ」と武蔵はその頭を小突いた。

お紺は洗い髪を指で弄《もてあそ》びながら小次郎に視線を向けた。小次郎はそれを受け止め、話を継いだ。

「噂の出所とは思いませぬが、橋が落ちた八年前といえば、噂話の三蔵という盗人を追っておりました」

小次郎は三蔵を取り逃がし、永代橋の崩落と共に行方を見失ったことを話した。但馬は興味深そうに聞いていたが、

「ふん、北町がどじを踏んだってだけのことじゃねえか」

武蔵はばっさりと切って捨てた。

喜多八は、「またまた、そうおっしゃらずに」と武蔵を注意したが、睨み返され口を閉ざした。小次郎は動ずることなく続ける。

「三蔵が生きておって、そんな噂を流しているとも思えませぬが」

「うむ、一応聞いておこう」

但馬は日誌に書き付けた。

そこへ、夕凪の女将《おかみ》、お藤《ふじ》が階段を上がって来た。三十路《みそじ》に入った大年増《おおどしま》、三年前に亭主と死に別れ、亭主が残した船宿を切り盛りしている。振り返る程の美人ではないが、愛想が良く話上手とあって客の評判がいい。

お藤は但馬の近くに来て耳打ちした。

「室田さんというお侍がいらしてますけど」

但馬はうなずくと、

「本日はこれまでじゃ。曖昧な用向きですまぬな」

と、解散を告げた。

「あ〜あ」

武蔵は大きく伸びをして、「飯食いに行くぞ」と喜多八を誘った。

「こりゃ、すんません。ごちになるでげすよ」

もみ手をする喜多八に、

「馬鹿、割り勘だ」

武蔵は返し、のっしのっしと歩き出した。小次郎とお紺は黙って去った。

入れ替わるように室田が階段を上がって来た。

「お忙しいところ、恐縮でござります」

室田は丁寧に挨拶をした。

「いや、暇な身ゆえ、一向にかまわぬが」

どうしたのだと但馬は目で問いかけた。室田の思いつめたような顔を見れば只《ただ》ならぬことが起きたのがわかる。

「藤太郎さまが亡くなられました」

背筋をぴんと伸ばし室田は告げた。

「亡くなられた……」

予想外の大事が出来《しゅったい》した。

「昨晩のことでございました」

昨晩、藤太郎は酒を飲みずいぶんと荒れたそうだ。泥酔してしまったところ、そこへ、大河内がやって来たという。

「争いになったのか」

但馬が問いかけると、

「申し訳ございませぬが、屋敷までご同道願えませぬか」

と、室田がおもむろに懇願した。

「承知」

ともかく、屋敷にかけつけねばと身支度を整えた。

但馬は屋敷まで無言であった。

六

大河内の屋敷に着いた。

御殿の客間に通される。そこには大河内が待っていた。

「荻生殿、貴殿にはあるがままのことを語らねばならぬと思った次第」

大河内は言った。

その言葉の裏には公言してくれるなという思いがあるに違いない。

「決して、口外致さぬ」

強い調子で但馬は約束した。

「かたじけない」

大河内が礼を言ったところで、室田が話の続きを語り始めた。

それによると、昨晩藤太郎は、松五郎とお里久がこちらの要求に応じないことに腹を立て泥酔した。その挙句に大河内に食ってかかった。大河内の松五郎への未練を武士にあるまじき卑怯《ひきょう》未練な態度だと批難した。

「その上、藤太郎さまは脇差を抜かれ、御前に斬《き》りかかられたのでござる」

室田は唇を噛んだ。

「乱心じゃ」

という大河内の言葉を受け、

「しかしながら、それがしは」

室田は言った。

「平助、そなたが悪いのではない」

大河内が遮った。

そのやり取りは、藤太郎を斬ったのが室田であることを物語っていた。

「そなたは、わしを守ったのじゃ」

大河内は言葉を重ねた。

「夢中でありました。しかしながら、背後から一太刀《ひとたち》浴びせて藤太郎さまを殺《あや》めたことは確か。拙者、その責めを負わねばなりませぬ」

悲痛な顔で室田は言った。

「藤太郎は病死じゃ」

声を上ずらせ大河内は言った。

「しかし……」

室田は躊躇《ためら》いを示したが、

「病死じゃ。じゃによって、家督は松五郎に譲る……それしかあるまい」

大河内の口調は落ち着いた。

こうなると、松五郎を認知し、大河内家に迎えるしかない。そうしなければ大河内家の家名は保てない。

「荻生殿、わしは複雑な心持ちじゃ」

大河内は溜息を吐いた。

但馬とてどのように返せばいいのかわからない。室田が言った。

「荻生殿、松五郎さまとお里久殿を呼んであります」

「ほう……」

手回しがよいなどと嫌味は言えまい。

早急に跡継ぎを決めた方がいいに決まっているのだ。

「荻生殿、立ち会ってくだされ」

大河内は言った。

「むろん、承知しました」

乗りかかった船である。但馬とて断るつもりはない。

「まこと、思わぬ親子再会となったものじゃ」

大河内は皮肉っぽく顔を歪めた。

「これが、定めというものかもしれませぬ」

室田が言う。

「なるほど、定めか」

大河内は静かにうなずいた。

「血は水より濃いとは、まさしくこのような時に申すのではございますまいか。それは絆と呼ぶべきなのかもしれませぬ。絆が御前と松五郎さまを再会へと導いたと申せましょう」

室田の言葉に、大河内は目をしばたたきながらうなずいた。

これまでの様子から、但馬は何ともいえない気分に包まれていた。

「よもやとは存じますが、藤太郎殿の死に後ろ暗きものはございませぬでしょうな」

但馬の問いかけに大河内は目をむいた。代わって室田が答える。

「荻生さま、お疑いも無理からぬことかと存じます。拙者が御前の望みを叶えようと藤太郎さまを亡きものにせんとした、と、お疑いなのでござりましょう」

「いや、そこまでは疑っておらぬ。そなたに利はないからな。松五郎殿を無理に大河内殿に会わせようとする理由もない。当代の藤太郎殿に従うのが得というものであろう」

淡々と但馬は言った。

「おわかりいただければそれで」

室田が引いた。

大河内が乗り出す。

「わしが室田に命じたとお疑いかな」

「そうなのですか」

但馬は大河内を見返した。

「確かにわしは松五郎に会わせろと再三にわたり催促した。わし自身も酒に酔っておった。藤太郎と激しい口論となり、お互いに激してしまった。藤太郎は日頃より、酒に呑《の》まれるところがあり、そうすると気性が荒くもなった。そのことはわかっておったが、昨晩はひときわ乱暴になりおった」

大河内に続き、

「確かに藤太郎さまは気性の激しいところがございました。それが、大番役では大いに役立つこともありますゆえ、御前も見過ごしてこられたのですが」

室田が言うと、

「一人息子ということで、わしが甘やかしたのが悪いのじゃ」

大河内は嘆いた。

但馬の目から見ても藤太郎は気性が激しく、自分の説を曲げない一刻者に見えた。さらに酒が入り、大河内の松五郎との再会を望む姿勢を弱腰だと責め立てたであろうことは、十分に想像できた。

「さて、そろそろ、お着きになられましょう」

昼九つを迎え、室田は告げた。

程なく、お里久と松五郎の来訪が知らされた。

大河内の顔が複雑な感情に彩られた。

松五郎とお里久がやって来た。

松五郎が部屋に入ったところで大河内は腰を上げた。松五郎は座すのも忘れ大河内の顔を見つめている。

大河内の不自由な目に涙が滲んだ。

「父上……」

万感迫る松五郎の言葉であった。

「松五郎、よくぞ、よくぞ、生きておったな」

声を詰まらせ大河内は言った。

「父上、お会いしとうございました」

松五郎も声を放って言った。

「うむ、よくぞ、戻ってまいった。これからはな、ずっと一緒じゃ」

大河内が言うと、涙にくれていたお里久が戸惑いの顔で室田を見た。室田が藤太郎は急死したと教える。

「従って、松五郎さまを大河内家のお世継ぎにお迎え申したいのです」

「兄上が亡くなられた……そ、そんな。何故ですか」

松五郎が問う。

「急なる病にござります」

室田はおごそかに告げた。

「病……あれほど、お元気だったではございませんか」

松五郎が疑問を呈すると、室田が返した。

「人の定めとはわからぬものです」

「しかし」

納得できないというように松五郎が首を捻《ひね》る。しばし、思案を巡らせた後に、

「ひょっとして、わたしが原因ですか」

と、大河内を見た。

「決してそのようなことはございません」

室田が力を込めて言った。

「いや、きっと、わたしのせいです」

自分を責めるかのような口調で松五郎が言う。

「松五郎、室田殿を困らせてはなりません」

お里久が諫める。

「母上、しかし、わたしが帰ってこなければ兄上は――」

尚も自分を責める松五郎の言葉を遮るように室田が進み出た。

「松五郎さま、どうか、それ以上ご自分を責めるのはおやめくだされ。それより、来年からはあなたさまが大河内家の当主なのです」

「わたしが」

松五郎は戸惑っている。

「松五郎、それが定めであったのです。あなたが無事であったのも、生きていたのも、そ

れは御仏《みほとけ》のお導きなのです」

お里久は言った。

「その通りです」

室田がうなずく。

「松五郎、よいな」

大河内も言った。

「わたしが大河内家を」

松五郎は半信半疑ながら、ようやくのこと自分の運命を受け入れた。

「頼むぞ」

大河内は松五郎の手を取った。

「父上」

松五郎は声を震わせ感涙にむせんだ。お里久も降って湧いたような幸運にどうしていいのかわからない様子であった。

「まこと、怖れ多いことでございます」

「むろんのこと、そなたも屋敷に住むがよい」

大河内は言った。

「それはいくらなんでも、亡き奥方さまに申し訳なく存じます」

遠慮するお里久に、大河原が返す。

「奥はもうおらぬ。誰に憚ろう。それにな、わしはこの通り、目が不自由だ。お里久、わしの杖《つえ》になってくれ」

労《いたわ》りを感じさせる大河内の言葉に、

「御前さま、もったいのうございます」

お里久も感涙にむせんだ。

「よろしゅうございました」

室田は満面の笑みを浮かべている。

七

船宿夕凪に戻った但馬だが、何かすっきりとしない。

数刻後、三味線を弾き始めたものの、音色に乱れが生じた。お藤が、

「何かあったんですか」

心配げな顔を向けてきた。

「別段大事はないが」

生返事をすると、

「水臭いですよ」

すねたようにお藤に言われ、但馬は三味線を置いた。

「まこと、大したことではない。ただ、引っかかることがあってな。喉に引っかかった小骨程度だがな」

「まあ、小骨は馬鹿にできませんよ。早めに抜かないと、大事になることがありますから」

お藤は茶を置いて階段を下りていった。

実は、但馬のわだかまりは小骨程度ではない。

藤太郎の死についてだ。室田の説明は矛盾していない。

藤太郎は酔った勢いで大河内に食ってかかり刃傷《にんじょう》に及んだ。それゆえ、やむなく室田が斬った……

切迫した場面ではあったのだろうが、嫡男を斬殺に及ぶというのはさすがにやりすぎなのではないか。

室田は責めを負うつもりだと言っていたものの、まさか嫡男を斬るとは……

藤太郎は相当な手練《てだ》れであった。

泥酔していたとしても、斬るとなると厄介である。背後から一太刀浴びせたと室田は言っていたが……

家臣として、まずは止めに入るべきではないのか。

とても止められないくらいに酔ってたがが外れていたとしても、おかしい。

室田は室内では大刀を持っていなかったはずだ。脇差のみだ。それゆえ、刺殺したのだろう。一太刀浴びせたというと斬り下げた印象であるが、脇差で斬りはしない。やはり、刺殺したのだ。

刺すという行為には最初から殺す意図が込められているような気がする。

「室田は殺す気であったのだ」

但馬は思わず呟いた。

と、その時、藤太郎の言葉が思い出された。

わたしは酒をたしなまぬ。

武芸修行の邪魔だと言っていた。下戸ではないものの普段は口にしないという酒を飲んだのが腑《ふ》に落ちない。

それだけ、松五郎に対して鬱積《うっせき》したものを感じていたのかもしれないが、泥酔する程飲むものであろうか。

「殺しだ。藤太郎は殺されたに違いない」

確信を持って但馬は呟いた。

となると、室田の独断ではあるまい。大河内の意を汲んでのことなのではないか。大河内は藤太郎ではなく松五郎に大河内家を継がせたかったのだ。自分が本気で愛《め》でた女の産んだ子に家督を相続させたい。

そう願っても不思議はない。

いやいや待てよ。

結論を急ぐ自分を但馬は窘《たしな》めた。大河内は松五郎を大河内家には入れない、五百両を与え関係を断つことを受け入れていた。それが何かあって心変わりしたのだろうか。室田から松五郎が本物だと聞いて、やはり跡を継がせたくなったのだろうか。

考えられなくはないが、一歩誤れば……藤太郎殺しがうまくいかなければ、大河内家に御家騒動が起きる。

「やはり、無理があるか」

考えがまとまらない。

それに、行方不明となっていた息子が帰って来たのと時を同じくして嫡男が病死とは、いくら何でも都合がよ過ぎると幕府から疑われるだろう。

実際、松平定信は何かが起こるのではないかと危惧《きぐ》していたのである。そして、

「何かが起きたのだ」

どうにも気になる。

すると、

「旦那、お客さまです」

お藤の声が聞こえた。

「うむ」

返事をしたところへ階段を上る足音が聞こえてきた。

「夜分、失礼致します」

室田であった。旅装をしている。

「ま、入れ」

丁度いい、色々と聞きたい。

それとも室田の方にも、藤太郎の一件で但馬に話しておきたいことでもあるのだろうか。

室田は但馬の前に端座した。

「大河内家を離れました。御前のお情けで切腹は止められましたが、ご嫡男を殺めた者が

御家に留まるわけにはまいりませぬ」

静かに室田は告げた。そうかと答えてから但馬は問いかけた。

「そなた、大河内家に仕えて何年になる」

「丁度、三十年です」

室田の父は大河内が通う町道場の道場主だった。大河内の剣術指南役に招かれ、一人息子であった室田も大河内家に入った。剣術の修練に加え学問修行も行うようになった。室田は武芸に加え算勘に長《た》けていたため大河内家の領地の管理、すなわち年貢の取り立てを担うようになった。年貢取り立て及び治安に辣腕を発揮し、十年前から大河内の用人となったのだった。

「そなた独り者のようだが、妻を持ったことはあるのか」

「ずっと独り身です」

「女が好きではないのか」

但馬は肩を揺すって笑った。

室田は真顔のまま答える。

「若かりし頃、好いた女がおりました。女も拙者のことを慕ってくれました。ですが、よんどころのない事情が生じ……どのような事情かは武士の情け、お聞きにならぬようお願い致します。それで、別れねばならず、それ以来、女とは無縁です」

「よほど、その女に惚《ほ》れておったのだな……して、そなた、行く当てはあるのか」

「若かりし頃に戻ったつもりで、剣の修行を一からやり直そうかと存じます。回国修行にでも出ようかと」

「そなたの父の剣の流派は」

「香取神道流にござります」

「香取神道流……江戸で香取神道流の道場を開いておったのか」

「下総の香取神宮近くでした。大河内家の所領の内に構えておりました。御前は熱心に稽《けい》古《こ》されておりましたな」

懐かしさがこみあげてきたのか室田は遠くを見る目をした。

「大河内殿は下総、上総に所領をお持ちであったな」

言いながら但馬には閃《ひらめ》くものがあった。

「松五郎殿は常陸の潮来におられたのだったな」

「はい」

室田は短く答えるに留めた。

「香取から利根《とね》川を渡れば潮来はすぐだな」

含み笑いを浮かべ但馬は言った。

「お察しの通りにござります。御前は松五郎さまが潮来にてお育ちのこと、ご存じでした」

松五郎が永代橋の崩落事故で記憶を失《な》くしたのは本当であったそうだ。大河内の妻は松五郎を疎《うと》ましく思っていた。松五郎の成長を聞くにつけ、藤太郎を脅かす存在になるのではと危機感を抱くまでになった。そこで、奥向きに仕える侍たちに松五郎を殺すよう密《ひそ》かに命じた。

室田はこうした奥方の動きを察知した。

「永代橋の事故で行方知れずとなったことにし、下総の大河内家所領にて匿《かくま》うことにしたのですが、いずれ奥方さまの耳に入るやもしれませぬ。そこで、父の道場の門人であった左右田源之助殿に託したのです。左右田殿には松五郎さまの素性を明かしました」

また、松五郎が記憶を取り戻した場合に備え摩利支天の護符を預け、いざという時には江戸の大河内家に名乗り出るよう頼んでおいたのだった。

「幸いと申しましょうか、昨年、奥方は亡くなり、松五郎さまも自分が誰なのかお取り戻しになられました。御前は松五郎さまとの再会を強く望みました。しかし、荻生殿もご存じの通り、藤太郎さまは頑《かたく》なに松五郎さまを拒絶なさいました」

「大河内殿は松五郎殿を大河内家に入れるのを表立っては拒んでおられたが、内心では諦《あきら》め切れずにおられたのだな」

「いかにも」

「ならば問う。藤太郎殿殺害は大河内殿の意を受けたものであったのだな。あ、いや、たとえそうであったとしても、そのことを表沙汰にはせぬ。むろん、評定所《ひょうじょうしょ》に訴えることも、楽翁さまのお耳に入れることもせぬ」

武士に二言はないと但馬は野太い声で言い添えた。畏れ入りますと叩頭《こうとう》してから室田は答えた。

「少しだけ違いまする」

「ほう……いかなところだ」

「拙者、御前の意を受けたのではなく、意を汲んだのでござります」

昨晩、大河内と藤太郎は酒宴を開いた。宴《うたげ》といっても、酒を飲んだのは専《もっぱ》ら大河内の方だった。藤太郎は杯一杯口にしただけであったそうだ。

「御前は松五郎さまとの再会が叶わない悲しみと不満から、大層過ごしておられました。酔うにつれ、藤太郎さまに松五郎さまとの再会を繰り返し願われました。一度だけでいいから会わせろ。屋敷ではなく、何処かの寺や料理屋でも構わないとおっしゃられたのですが、藤太郎さまは断固として拒絶なさいました」

　大河内は声を放って泣いた。

　そんな父を藤太郎は嘲《あざけ》った。

「その時でござります。御前は拙者を見たのです」

　座敷の隅で控えていた室田は大河内の視線を受け止めた。右目は失明しているが僅《わず》かに視力の残った左の瞳には、松五郎との再会に対する希望が宿っていた。

「拙者、若殿ご乱心！　と、叫ぶや藤太郎さまの背中を刺し貫きました」

　あくまで冷静に室田は告白した。

「大河内殿から命じられたわけではないと申すのだな。よかろう。では、何故そこまで大河内殿に忠義を尽くす。藤太郎殿が大河内家の当主となるはずだったのであるから、新しい主《あるじ》に仕えるのが用人の務めと思うが……大河内家に召し抱えてもらった恩義からか」

　但馬は首を傾《かし》げた。

「むろん、それもござります。加えて、藤太郎さまとは反りが合わなかったのです。家臣の身でそんな不満を抱いてはならぬのですが、日頃より香取神道流を古臭い流派、拙者を素性卑しき者と蔑《さげす》んでおられました。藤太郎さまが大河内家の当主となられたら、いずれ御家を出ねばならなくなるだろうと思っておったのです」

「そなたも松五郎殿が大河内家を継いだ方が好都合であったのだな」

さようですと答えてから室田は半身を乗り出して言った。

「旅に出る前に一手御指南願いたい」

全身から満々たる闘志を燃え立たせている。

但馬を訪ねた目的は勝負を挑むためだったようだ。

果たして、

「荻生さま、長崎にて習得なさった西洋剣法にて、是非ともお手合わせくださりませ」

但馬の目を見据え、室田は懇願した。

室田は死を覚悟しているのか。決死の武士の頼みを断るのは武士ではない。

「よかろう」

但馬が了承すると室田の目元が緩んだ。

引き受けてから、但馬は我が身を思った。但馬が勝つとは限らない。室田は真剣で挑んでくるに違いない。

負ければ死ぬ。

だが、今更止められない。

但馬と室田は大川の川岸で向かい合った。

但馬は野袴を穿き、襷《たすき》を掛け、左手には細長い革袋を持っている。

夜空を彩る十六夜《いざよい》の月が周囲をほの白く浮かび上がらせている。大川の川面《かわも》に映り込んだ月がさざ波に、枯れ薄が夜風に揺れていた。

室田は羽織を脱ぎ、刀の下げ緒で襷を掛けた。額には鉢金《はちがね》を施す。

但馬は革袋から阿蘭陀の刀、サーベルを取り出した。

鞘《さや》と柄《つか》は黄金に輝き、夜目にも鮮やかだ。但馬は鞘からサーベルを抜いた。日本刀と違い、刀身の反り具合は小さく、柄には枠状の鍔《つば》が付いている。

半身となった但馬は右手で柄を握り、前に突き出す。次いで左手を腰に置き、さっと腰を落とした。

但馬が構え終わったのを見ると、

「いざ！」

鋭い気合いと共に室田は着物の袖に両手を入れ、さっと突き出した。

棒手裏剣が飛んできた。

但馬は素早くサーベルを一閃《いっせん》させ、棒手裏剣を叩き落とした。

間髪《かんはつ》を容《い》れず、室田は抜刀して間合いを詰めてきた。

白刃が月光を弾《はじ》き但馬の目を鋭く射た。だが、但馬はたじろぐことなく室田の動きを見定める。

三間（約五・四メートル）手前で立ち止まり、室田は大上段に構えた。

「てえい！」

甲走った声を発し、室田は大刀を斬り下げた。

但馬は右に避《よ》ける。

白刃が空を切り、びゅんと鋭く鳴った。半身の体勢のまま但馬は間合いを詰める。室田は後ずさり、下段に構え直した。

月が川岸に二人の影を引かせた。

但馬はサーベルの切っ先をゆっくりと回し始めた。切っ先は微妙な律動を刻んで回転する。

室田は魅入られたように切っ先に視線を預けた。地べたに根が生えたように室田が動かなくなり、目がとろんとなる。

やがて雲が流れ、月を隠した。

弾かれたように室田は我に返り、

「おのれ！」

大音声と共に大刀を下段から斬り上げた。

但馬は素早く踏み込み、サーベルを横に払う。

室田の大刀が夜空に舞い上がる。

雲が切れ、月が顔を出した。

室田は端座すると両手をつき、

「負けました」

と、敗北を認めた。

但馬は黙って首肯した。

「荻生さま、ただ今の技、西洋の剣士が使うものにございますか」

サーベルの切っ先の揺れに室田は幻惑されたと言った。吸い込まれるように見入っている内にやられてしまった。

「目の前がぼやけ、荻生さまが何人もいるように見えました」

苦笑混じりに軽く舌打ちした後、室田は立ち上がった。

「何という技にございますか」

「技の名……ああ、そうだな」

問われて但馬は困惑した。

名前などつけていないし、西洋剣術にもない。但馬が独自に編み出したものなのだ。

但馬は猫が苦手である。目の前に現れただけで足がすくんでしまうのだ。ある日の昼下がり、船宿近くの稲荷《いなり》でサーベルの稽古をしていると野良猫が何匹もやって来た。

但馬は全身粟立《あわだ》った。早く去ってくれと願ったが、猫たちは但馬が餌《えさ》をくれるとでも思ったのか、にゃあおと鳴きながら動かない。

但馬は咄嗟《とっさ》に持っていたサーベルを突き出した。追い払おうと左右に振ったのだが、猫への恐怖から力が入らず、切っ先がぶるぶると揺れるばかりだった。

すると、猫の鳴き声が止み、やがてごろにゃんと横になってしまった。

それをきっかけに但馬はこの技を編み出し、磨いてきたのだった。

「技の名は……そう、猫じゃらし……」

自ら名付けておいて、但馬は吹き出しそうになった。

「猫じゃらしですか？　御冗談を」

室田も笑った。

「冗談ではない。大真面目に但馬は言った。

今度は、大真面目に但馬は言った。

こちらも真顔になった室田が川岸に転がる刀を拾った。

と、やおら自らの喉に突き立てた。虚をつかれた但馬は止める暇もなかった。自ら喉の刀を抜き、室田はばったりと倒れた。

腕に覚えのある室田にとって、この世の名残は但馬との勝負であったのか、勝負がついたことで、死を選んだようだ。

嫡男藤太郎を殺し、その責めを負うつもりだったのだろう。

但馬は屈《かが》み、室田を抱き起こした。

すでに虫の息である。

薄目になり、朦朧《もうろう》としている。薄れゆく意識の中で室田が口を動かした。何か言おうとしているようだ。

但馬は室田の口に耳を寄せた。

川のせせらぎに室田のかすれ声が重なった。

「松五郎……松五郎……お里久」

それだけ言うと室田は息絶えた。

但馬はそっと室田を横たえた。

月明かりに照らされた死に顔は白雪の如く輝いている。口元が緩み、穏やかな顔に喜びと満足感をたたえていた。

「まさか……」

但馬は思わず唸《うな》った。

松五郎さま、お里久殿ではなく、室田は二人を呼び捨てにした。力尽きて様と殿をつけられなかったのではなかろう。今際《いまわ》の際《きわ》に二人の名を口にし、満足の笑みで室田は逝ったのだ。

松五郎は室田の子ではなかったか。

室田とお里久の間に出来た子、それゆえ松五郎を大河内家の跡継ぎにしたかったのではないか。

室田は言っていた。かつて愛でた女がいたが、よんどころのない事情が生じて別れねばならなかった、と。よんどころのない事情とは、主の大河内がお里久を見初めたことであったのだろう。

死人に口なし。

真相はわからない。お里久に確かめることもできようが、そこまでする必要はなかろう。

事実は、大河内が松五郎を息子と認め、松五郎が大河内家を継ぐことだ。

あの日の永代橋には戻れない。

第二話　時雨桜

一

「どうか、父の濡れ衣を晴らしてください」

叩頭しながら、娘は訴えかけた。

瞳を潤ませ荻生但馬を見上げる。但馬は柔和《にゅうわ》な顔で娘を促《うなが》し、落ち着いて話すように求めた。

神無月二十日の昼下がり、開け放たれた窓から肌寒い川風が吹き込んできた。お藤は但馬と娘の前に茶を置くと窓を閉めて階段を下りていった。

娘の名前はお洋《よう》、木場《きば》の材木問屋木村《きむら》屋の一人娘だ。五日前、お洋の父、木右衛門《もくえもん》は自害した。

自害の原因は、昨今流布《るふ》している文化四年（一八〇七）八月十九日に起きた永代橋崩落事故は事故にあらず、何者かが仕組んだという噂にあった。仕組んだのは木村屋木右衛門らしいとされ、大いに喧伝《けんでん》された。永代橋再建に際して大量の材木を受注したのがきっかけで木村屋が大きくなったためだった。

日々の誹謗《ひぼう》中傷は苛烈《かれつ》を極めた。

「お店に石を投げられたり、人殺しと罵声《ばせい》を浴びせられたり、奉公人たちも嘲られ、脅迫文がくるようになったり……」

お洋の目から涙が溢《あふ》れた。

木右衛門は遺書を残し、首を括《くく》ったのだった。遺書には八年前の事故に自分は無関係と記してあったそうだ。

「父は絶対に悪いことなどしていないのです」

お洋は嗚咽を漏らした。

顔には悲しみよりも悔しさが溢れている。

木右衛門が無実だと遺書の中で訴えたにもかかわらず、心ない者たちは罪の意識にさいなまれての自害だと、まことしやかに言い立てている。

「自害したのだってわたしには耐えられない悲しみなのに、仏になった父を鞭《むち》打つような言葉を世間の人たちは投げかけるのです。辛いったらありません。きっと父も成仏できずにいると思います」

お洋は涙を拭《ぬぐ》うのも忘れて唇を噛んだ。

頬を伝う涙が畳を濡らした。

但馬は無言でそっと懐紙を差し出した。お洋は、「申し訳ございません」と蚊の鳴くような声で詫び、懐紙を受け取って目を拭《ふ》いた。

お洋の依頼を引き受けるとなると、八年前の事故を探索し直すことになる。

あれは事故だったと、断じられればいいのであろうが、世間に広がる疑心暗鬼を晴らすのは難しい。今更、確かな証拠を見つけるなど至難の業《わざ》であるし、証を示したとしてもまたそれを疑う言説が流れる。無責任な言動を封じることなど無理な話だ。

さてどうしたものかと但馬が思案していると、

「どうか、お願い致します」

お洋が五十両を差し出した。

思いつめた様子を見ていると、とても断れない。が、安易に引き受けていいものでもない。木右衛門の濡れ衣を晴らせなかったらお洋の悲しみを深めるだけである。

思案を巡らせながら茶を飲んだ。その時、階段の下から人の声が聞こえてきた。男の声

だ。はっとしたようにお洋は腰を浮かし、

「辰蔵《たつぞう》さん」

と、周囲を見回した。

「知っておる者か」

但馬が問いかけると、

「うちの手代です」

と、腰を落ち着かせた。

程なくして若い男が階段を上がってきた。縞柄木綿の小袖に前掛けをしている。紺地の前掛けには木村屋の屋号が白く抜いてあった。歳の頃は二十三、四といったところか。生真面目そうな顔をしている。

「お嬢さん……」

感に堪えないような声で告げると、辰蔵は折り目正しい態度で但馬に一礼し、お洋の横に座った。

「辰蔵さん、来てくれたの」

強張《こわば》ったお洋の目元が柔《やわ》らかになった。

「お嬢さん、永代橋事故の探索なんぞ、依頼するのはおやめになった方がいいですよ」

意に反した辰蔵の言葉に、お葉の笑顔が一瞬にして引っ込んだ。

但馬に向き直ると、お洋は、辰蔵は木村屋の婿養子になる予定だと言った。お洋は木村屋の一人娘、木右衛門は手代の辰蔵を見込み、お洋の婿として跡取りにと望んだようで、十日ばかり前に木右衛門から告げられたそうだ。

ひょっとして、辰蔵が婿養子になることで木右衛門は安堵《あんど》して、冥途《めいど》に旅立ったのだろうか。

辰蔵は但馬に向き言った。

「荻生さま、お嬢さんは取り乱していらっしゃいます」

途端にお洋は強く首を左右に振った。

「取り乱してなんかいない。そりゃ、落ち着いてはいないわよ。気持ちを高ぶらせてはいる……だって、そりゃそうでしょう。おとっつぁんは汚名を着せられて死に追いやられたのよ。その上、死んでからも悪しざまに言われているの。おとっつぁんの無念を晴らすのは娘として当然のことでしょう。決して、常軌《じょうき》を逸した行いじゃないわ」

強い口調でお洋は言い返した。辰蔵は二度、三度うなずいてから返した。

「お嬢さんの気持ちはよおくわかります。わたしも悔しいですよ。旦那さまの無念を思うと、わたしだって夜も眠れません」

「だったら、荻生さまに無念を晴らしていただきましょうよ」

「お嬢さん、それはどうでしょうか」

ちらっと但馬を見てから辰蔵は疑念を呈した。

「荻生さまは、それはもう優れたお方だと評判よ。これまで、沢山の御蔵入になった一件を落着へと導いてこられたのだもの」

お洋は言った。

「わたしはなにも、荻生さまのお力を疑っておるのではありません。申しましたように、お嬢さんの気持ちも十分にわかります。ですが、八年前の事故は事故、何の作為もなかったなどと、今更それを明かすことなどできるはずもないと思うのです。疑われたままでは旦那さまは成仏できないかもしれません。ですが、ご無礼を承知で申し上げます。人の噂も七十五日でございます」

と、ここまで辰蔵が話したところでお洋は遮り、声を大きくして言った。

「泣き寝入りしろというの」

言葉を発せず辰蔵は首肯した。

「いや、いやよ！」

お洋は畳を叩き、むせび泣いた。

「お嬢さん、お辛いでしょうがどうか旦那さまのためにも、木村屋のためにも、ご辛抱ください」

辰蔵は極力穏やかな口調で説得した。お洋はうつむいたまま顔を上げようとしなかったが、やがてがばと身を起こすと但馬に向いた。

「荻生さま、ではお願い致します」

ひときわ強い口調で訴えるとお洋はさっと立ち上がり、階段を下りていった。辰蔵は追いかけようとしたが、再び腰を落とすと但馬に向き直った。

「荻生さま、お嬢さんはすっかり取り乱しておいでです。ご無理な依頼と思いますので、まことに失礼とは存じますが、頼み事をお聞き届けにはならないよう、わたしからお願い申し上げます」

「辰蔵、そなたの申し状はよくわかる。だがな、わたしはお洋から依頼されたのだ。依頼主が取り下げないからには、わたしはやめるわけにはまいらぬ」

語る内に意地をはっているなと但馬は自覚した。辰蔵が来るまでは、但馬自身も永代橋事故の探索を躊躇っていたのだ。

「ご無礼申し上げました」

辰蔵は両手をついた。

「辰蔵、八年前にはもう、木村屋に奉公しておったのだな」

但馬の問いかけに辰蔵は、「さようでございます」と答えてから続けた。

「小僧としてご奉公に上がって二年目でした」

小僧の身とあって、辰蔵は店でどのような商いが行われているかなどは知らなかったそうだ。店の掃除やお使い、その他雑用に従事する毎日だったという。

「ただ、よく覚えておりますのは、永代橋の再建に際しまして御公儀より沢山の材木をご注文頂き、店がてんやわんやだったことです。旦那さまは運ばれてくる材木の数を勘定し、大勢の木挽《こび》き職人さん方と質を見極め、永代橋に運ぶお指図をなさっておられました。奉公人たちも忙しさで殺気立っていて、ぼんやりしていると怒鳴りつけられたものです」

目の回るような忙しさだったのだ。

木村屋が大きくなったのは、世間の噂通り、八年前の永代橋崩落事故後の大量の材木受注がきっかけであるのは間違いないようだ。

「木右衛門はどんな男だった」

但馬は問いかけを続けた。

「商いには厳しいお方でしたが、一所懸命働きますと、お優しい言葉をかけてくださいまして……その、わたしは父と母を亡くしておりましたので、旦那さまが親父のような気がして……」

辰蔵はしんみりと言った。

「二親はどうして亡くなったのだ」

「それが……永代橋の事故に遭ったのでございます」

思いもかけない辰蔵の答えだった。

「そうか……あの事故でな……」

但馬は唸った。

お洋ばかりか辰蔵にとっても永代橋崩落事故は悲しい思い出なのだ。今更、あの事故を調べて欲しくはないのではないか。調べ直されることで両親の死を蒸し返されるようないやな心持ちになっているのかもしれない。

辰蔵の両親は墓参りの帰りにあの事故に遭ったという。

辰蔵にとってもあの事故はその後の生涯を決したものだったのである。

「旦那さまはわたしが二親を亡くしたことに、大変心を痛めておられ、今度は絶対に崩れない橋を作るんだと、良質の材木を手に入れられたのです。木曽《きそ》や紀州《きしゅう》にも足を運び、たとえ割高になっても、儲《もう》けを度外視で調達なさいました。橋の再建はわたしにとりましても、二親のような犠牲者を二度と出してはならない、という思いであったのです」

語る内に辰蔵は声を上ずらせた。

「木右衛門は自害する前、どのようであった……思いつめた様子であったか」

但馬は問いかけた。

「わたしの目には特に変わったようには映りませんでした」

辰蔵によると、木右衛門は世間の悪評など取り合わず、言いたい者には言わせておけばよいと、奉公人たちに語っていたそうだ。そんな悪評に惑わされず自分の仕事に励むようにと。

「わたしは出入り先ですとか、材木問屋仲間のお店《たな》でも励ましの言葉を頂きました。木村屋さんは、あこぎな商売をなさるお方ではないと、みなさん、旦那さまを信じてくださっておりました」

辰蔵は答えた。

「木右衛門は気丈に振る舞っていたということだな」

得心したように但馬が言うと、

「さようでございます」

辰蔵はしっかりと返事をした。

「木右衛門は肝の据わった男だったようだな」

「それはもう……ただ、お内儀さまに先立たれてから少し気を落とされたご様子が見受けられまして、だからと申しまして、自害などなさるとは、正直、思ってもおりませんで」

溜息《ためいき》混じりに辰蔵は語った。

「内儀が亡くなったのはいつだ」

「旦那さまが亡くなられる二月《ふたつき》程前、重い病でした」

妻は労咳《ろうがい》であったそうだ。

「夫婦仲はどうであった」

「商いを巡っては時に強い口調で材木問屋仲間の皆様と言い争いをなさり、わたしたち奉公人に厳しい言葉をなげかけられもしましたが、商い熱心から出ることでございまして、旦那さまは普段はとても穏やかでいらっしゃいました。お内儀さまとも、それはもう仲睦《なかむつ》まじく。荻生さま、旦那さまにはこのまま静かに冥途へと旅立っていただきたいのです」

辰蔵は両手をついた。

「そなたの気持ちはわかったが、引き受けたからには探索は行う」

お洋が置いていった五十両を但馬は懐中に仕舞った。

二

その日の夕暮れ、船宿夕凪の二階に御蔵入改の面々が集まった。

但馬からお洋の依頼が語られる。

「また、八年前の永代橋がらみでげすか」

喜多八は首を捻った。

武蔵が、

「八年前の事故なんか、調べようがないぞ」

と、但馬を見ずに不満を言い立てた。

笑顔を作って喜多八は武蔵に言った。

「木村屋さんといやあ木場でも大店《おおだな》でげすよ。そのお嬢さんが頼むからには、それなりの礼金が頂けるんじゃありませんか」

そうか、と呟いてから武蔵は顎《あご》を掻《か》きながら、

「なら、適当に調べて、お洋にはやっぱり事故だったたって報《しら》せてやればいいな」

不誠実な武蔵の言葉に小次郎はむっとする。立膝をついていたお紺が洗い髪をかき上げ、

「大門の旦那らしいね」

皮肉たっぷりに冷笑を投げかけた。

紅を差したおちょぼ口が妖艶に蠢く。

「おれはな、真《まこと》のことを言っているんだ。今更、永代橋の事故をほじくり返したところで、何も新しい事実なんぞ出てこないさ。あれは事故でしたって、いくら言葉を尽くして説明したって、聞く耳を持つ奴《やつ》がどれくらいいるだろうな。世間の無責任な連中は何の証もないのに、面白おかしい話を受け入れるもんだ。好き勝手にああでもない、こうでもないって湯屋の二階や縄のれんでの肴《さかな》にするだけだぜ。だから、あれは事故だったたってことを本気で示したところで、無駄骨になるって言っているんだよ」

もっともな道理だろうと武蔵は言い添えた。

「こら、もっともでげすね。やつがれもそう思いますでげすよ」

喜多八も賛同する。

但馬は視線を小次郎に預けた。

小次郎は静かに答えた。

「今回の一件、お洋は父の無念を晴らして欲しいのだと思います」

たちまち武蔵が割り込んだ。

「それは当たり前だろう。勿体つけて言うな」

小次郎は動ずることなく、

「お洋は木右衛門が無念の自害をしたと憤っております。ですから、永代橋の崩落が事故かどうかはともかくとして、木右衛門を自害に追い込んだ事情を探索すればよろしいのではないでしょうか」

沈着な小次郎の言葉に但馬が目が凝らす。対して武蔵は異を唱える。

「自害に追い込んだのは無責任な連中の好き勝手な罵詈雑言《ばりぞうごん》だろう。永代橋の事故は木村屋が仕組んだんだっていうのも、馬鹿げた流言だ。だから、そんな悪口を封じるために、永代橋の事故を調べてくれっていうのがお洋の依頼なんじゃないか」

「いかにも大門殿の申される通りかと存じます。ですが、わたしが引っかかるのは、木右衛門は何故自害したのだろうということです。木右衛門は気丈な男だったようで、悪口を浴びせられようが毅然として対応しておりました。それなのに自害に及んだのは何故なのか、それこそが問題です」

「なんだ、奥歯に物が挟まったような言い方をしおって。要するに木右衛門は殺されたのかもしれないと言いたいのか」

詰め寄らんばかりに武蔵が問いかけると、

「おや、そうなんでげすか」

喜多八が声を上げた。

「殺しかどうかも含めて調べてみるのもよろしいかと存ずる」

小次郎は但馬を見た。

但馬は武蔵を見る。

「木右衛門の自害を調べたのは南町であるな」

「そうだったかなあ」

やる気のない態度で武蔵は返事をした。

「大門殿、問い合わせてくだされ」

小次郎に言われ、

「わかっているよ。一々、言うな」

武蔵は顔を歪めた。

「よし、ならば、今回の一件は木右衛門の死の探索ということにする」

但馬はまずは半金だと、五両をみなに配った。

「こいつはありがてえでげすよ」

喜多八は大喜びだ。

但馬は、

「ならば、役割を申すぞ」

と、みなを見回す。

各々が畏《かしこ》まった。

「大門は南町で木右衛門自害の様子を確かめよ」

但馬に言われ、

「承知」

武蔵が野太い声で答えた。

「喜多八とお紺は今回は特になし」

但馬に言われ、

「そりゃ悪いでげすよ。半金も貰《もら》っているんでげすから。やつがれは、木場の旦那衆の使う料理屋を当たってみるでげすよ」

喜多八が申し出たが、お紺はただ洗い髪を指で弄ぶだけで黙っていた。今回は自分の出番はないと思っているようだ。八年前、永代橋崩落事故が起きた時、お紺は長崎にいたせいで、関心が向かないのかもしれない。その辺を察し、但馬は役目を与えないのだろう。役目があろうがなかろうが、常に少人数で探索を担う御蔵入改だ。礼金の分配は平等にと但馬は考えている。

そして、小次郎に向かって申し渡す。

「緒方は木村屋を当たってくれ」

「承知しました」

小次郎らしく律儀な態度で引き受けた。

「ならば、各々、頼む」

但馬は解散を命じた。


皆が帰っていき、お藤が但馬に酒を持って来た。

「湯豆腐をこさえますけど、召し上がりますか」

「おお、もらおう」

但馬は相好を崩した。

火鉢に鍋を載せ、湯豆腐を作る。豆腐の他に葱《ねぎ》と鱈《たら》の切り身が入っていた。

「近頃、やけに永代橋の事故が話題に上りますね」

お藤の酌を受け、但馬はぐびりと酒を飲んだ。

「そうであるな」

「偶々《たまたま》ですかね」

お藤は心配そうだ。

「ちと、多すぎるな。そういえばあの時、おまえは何をしておったのだ」

「あたしは、深川でお座敷に出ておりましたよ」

「そうであったな」

「ほんと、以前にも話しましたのに、覚えていてくださらないんですからね」

すねたような口調でお藤は言った。

「すまぬ。どうも、物覚えが悪くてな」

言い訳する但馬にくすりと笑い、お藤は取皿に豆腐と葱、鱈を取って但馬に差し出す。

「これは、美味《うま》そうだ」

但馬はふうふう吹きながらまずは豆腐を味わった。


武蔵と喜多八は近くの縄暖簾《なわのれん》を潜った。

「熱いの、二、三本持って来て。それと、鮟鱇鍋《あんこうなべ》ね」

五両を受け取り喜多八は気が大きくなっている。武蔵は仏頂面で酒がくるのを待った。

「でも、何でげすよ。緒方の旦那は相変わらず真面目でいらっしゃいますね」

「おれが不真面目だって言いたいのか」

憮然《ぶぜん》とする武蔵に、

「真面目ってのは、決して誉《ほ》め言葉じゃないでげすよ」

喜多八は言った。

「そりゃそうだ。おれだって、何も今更、いい子に思われようなんざ思っておらんよ」

「それにしても、武蔵の旦那と緒方の旦那、まるで正反対でげすものね」

「緒方は男前で見るからに正義の同心だって言いたいんだろう。ふん、おれは、やくざ者以上にやくざな顔だちだからな」

ぐびりと一息で猪口《ちょこ》を空にし、武蔵は鍋を見やった。味噌《みそ》仕立てだ。ぶつ切りにした鮟鱇の切り身と肝、それに葱と豆腐が煮えている。武蔵がこの店の鮟鱇鍋を好むのは、とにかく鮟鱇の切り身が大振りだからである。鮟鱇が豆腐や葱の添え物のような扱いの店が多い中、ここはちゃんと鮟鱇が主役を張り、葱と豆腐は出しゃばらぬよう控え目なのだ。

「これが正真正銘の鮟鱇鍋だ。他の店のはな、葱豆腐鍋、鮟鱇添えって具合だよ」

鮟鱇鍋の季節になると武蔵はよく口にする。

湯気が身体の芯《しん》まで温めてくれるようだ。

「鮟鱇って、すげえ醜い魚でげすよ。鯛《たい》みたいにね、きれいじゃないんですが、鮟鱇には捨てるところがないんでげす。どこも、美味いんでげすよ」

喜多八は取皿に鮟鱇の切り身を取り分け、武蔵に差し出した。

「緒方は鯛でおれは鮟鱇か」

武蔵は苦笑した。

「ご不満で」

喜多八が言うと、

「いいや、大いに満足だ」

武蔵は鮟鱇の切り身にかぶりついた。


小次郎は八丁堀の組屋敷に戻っていた。楓川に差し掛かったところで、

「緒方さま……」

と、女に声をかけられた。

御高祖頭巾《おこそずきん》を被った、武家の妻女風の女である。

無言で問い返すと、宇津木市蔵《うつきいちぞう》の妻で雅恵《まさえ》と名乗った。

「突然、声をおかけし申し訳ございません」

「なんの、先生はご壮健であられますか。すっかり、足が遠のいてしまいまして」

小次郎は詫びた。

宇津木市蔵は小次郎が通っていた剣術道場の道場主である。

元気だと応じてから、

「お忙しいこととは存じますが、一度、道場にいらしていただけないでしょうか」

雅恵は言った。

「承知しました。無沙汰をしておった非礼をお詫びしておいてください」

小次郎は一礼した。

「主人も喜ぶと思います」

雅恵は去りかけたがふと立ち止まり、

「和代さま、お気の毒なことに」

と、亡き妻への悔やみを言った。

小次郎は無言で一礼した。

「これは、失礼申しました」

雅恵は詫びてから凛《りん》とした足取りで立ち去った。小次郎はその後ろ姿を見送った。以前からどこかはかなげな様子であったが、それは今も変わらないように見えた。

三

あくる二十一日、武蔵は南町奉行所の同心詰所に顔を出した。

表門を入ってすぐ右手にある土間に縁台を並べただけの殺風景な空間ではあるが、同心たちの情報交換と憩いの場でもあった。武蔵は滅多に顔を出さないが、煙たがられているため文句を言われることはない。

一人の同心がぽつんと縁台に腰かけていた。

「おお、珍しいな」

筆頭同心の袴田庄左衛門《はかまだしょうざえもん》が声をかけてきた。

「ああ」

ぶっきらぼうに答えて武蔵は向かいの縁台に腰を下ろす。格子窓から差し込む朝日が温めてくれていたお陰で尻が心地よい。

「袴田さん、木場の木村屋の主人が首を括っただろう」

「ああ、あれか」

返事をしてから、それがどうしたと袴田は目で問いかけてきた。

「木村屋木右衛門、八年前の永代橋崩落事故に絡む悪い噂を苦にした自害なんだってな」

武蔵が返すと、

「ああ、そのようだ。実際、誹謗中傷は相当にひどいものだったそうだな」

袴田は応じた。

「自害の様子を知りたいんだがな」

武蔵の問いかけに、袴田が疑問を呈する。

「なんでだ」

「ちょっと、興味があるんだ。まことに、自害だったのか」

「ああ、首を括っていたよ。庭の桜の木の枝に縄をかけてな」

袴田は首を括る真似《まね》をした。

「抗《あらが》った跡は……」

「特にはなかった」

袴田は即答した。

「詳しい様子を知りたいな」

「例繰方で口書を見ればいいだろう」

めんどうになったようで袴田はぶっきらぼうな物言いになった。

「もちろん、調べるよ。それより、袴田さん、あんたが木右衛門の自害を調べたんだってな」

「ああ」

「なんだって、筆頭同心のあんたが自害なんかを調べたのだ」

武蔵が問いかけると、

「それは……まあ、色々とあったんだ」

袴田の言葉尻が曖昧に濁された。

「どうした。その奥歯に物が挟まったような言い方は」

武蔵が問いを重ねる。

「おまえこそ、どうしたのだ。木場の材木商人の自害に金儲けの匂いでも嗅《か》ぎつけたのか」

「金儲けになるかどうかはわからん。でもな、臭うんだ。木村屋木右衛門といえば、近頃、噂が流れている永代橋の事故の一件を仕組んだとも言われている男だからな」

武蔵が指摘すると、袴田は認めた。

「まあ、そうだな」

「教えてくれよ。あんたも、何かきな臭いものを感じたから調べに当たったんじゃないのか。筆頭同心さま御自らがな」

　武蔵はにんまりとした。

「わしが儲け話を嗅ぎつけたとでもいうのか。申しておく。木右衛門の自害に疑念はなかった。間違いなく自害だ」

「どうして断定できるんだ」

「おまえ、どうしたっていうんだ」

　袴田の疑念には警戒心が伴っている。

「だから、きな臭いものを感じるんだ。で、ひょっとしたら金になるかもしれないって踏んだんだよ。なあ、教えてくれ。調べに当たったあんたから話を聞きたい。木右衛門はどんな具合に首を括っていたんだ」

　目を凝らし武蔵は袴田を睨んだ。

　相撲《すもう》取りのような大男に間近で迫られ、気圧《けお》された袴田は身を仰《の》け反《ぞ》らせた。

　そしてしばらく間を置いてから言った。

「申しただろう、庭の桜の木の枝に縄をかけて首を括っておった」

「桜の木というと、枝まではどれくらいの高さだ」

　武蔵が問いかけると袴田は立ち上がった。そして右手を掲げ、

「六尺（約百八十センチ）くらいだな」

と、言った。

「というと、背伸びしても届かないだろう。木右衛門はそんなに大柄だったのか」

自分の身体を指さしながら武蔵が問いかけると、袴田は再び腰を下ろした。

「足元に木箱があった。それを足場にしたんだろう。木右衛門の身体に傷はなかった。首筋の縄の跡以外にはな。つまり、抗った痕跡がないということは、誰かに無理やり吊るされたわけじゃない。薬を飲んでもいなかった。しかしなあ」

語る内に袴田は自身が疑念に駆られたようだ。

「なんか、腑に落ちないところがあるのか」

「実はな、わしは木右衛門が首を括る少し前に訪ねているのだがな」

袴田は言葉を止めた。

「どうした」

武蔵が問いを重ねると、

「向井《むかい》さまだよ」

ぽつりと袴田は答えた。

向井とは向井九郎兵衛《くろべえ》、南町奉行所年番方《ねんばんがた》与力《よりき》である。

年番方与力は与力筆頭、練達の者から選ばれる。町奉行は任期が終わると転任するが、与力はそうではない。実務において与力が現場を取り仕切るのだ。年番方与力は奉行所の事実上の主といえる。

「向井さまがどうした」

「おまえ、覚えているだろう。八年前、永代橋が落ちた時、向井さまは吟味方与力であられた。吟味方与力として、あの事故を吟味しておられたのだ。その際、木右衛門に御奉行から感状が出るよう取り計らった」

「そうだったっけ」

武蔵は首を傾げた。

「ああ……そうだったな、おまえはあの日、非番だったな」

言ってから袴田は鼻を鳴らした。

次いで、舌打ちして言葉を添えた。

「実際は、どこかで飲んだくれておったのだ。それを非番扱いにしてやったんだぞ」

恩着せがましく袴田は言う。

「そうだったかな」

内心、おれだって、あんたらもやっている博徒からの賂を、自分だけがもらったことにされ犠牲になったんだよ、と毒づいた。

「それより、木右衛門は御奉行からどうして感状を貰ったんだ」

武蔵が問いかける。

「木右衛門は事故に遭った者たちを助けたんだ。危険を顧みずにな。店の者も総出で救助に当たった、それで表彰されたわけだ」

「なるほどな」

「それだけに、向井さまは、今回の事故に関する悪い噂を気にかけていらっしゃる。木右衛門に悪評が立っていることをな。それで、わしに様子を見てくるよう命じられたのだ」

十日程前、袴田は木場の木村屋を訪問した。その時、木右衛門には自害しそうな影など見受けられなかったそうだ。悪評なんぞに耳を傾けることなく、商いに邁進《まいしん》していた。

「それはもう逞しい限りであったのだ。それに、一人娘にも婿が決まり、将来に対する不安もなくなった。いわば、これからは楽しみこそあれ、自害せねばならないような闇などあるわけもない。もちろん、病を患ってもいなかった」

「じゃあ、どうして自害なんかしたんだ」

武蔵の問いかけに袴田がうなずく。

「そこはおれだって疑問だった。それで、まことに自害なのかどうかを確かめたいと思って調べに行ったのだ」

袴田は手抜きはするし、いい加減なところもあり、要領がよく、与力へのごますりにも長けている。しかし、同心としての技量、特に探索については手際もよく優れていて、筆頭同心を務めているのは伊達《だて》ではない。

「それで、殺しの線はないのか」

「わしもその線で調べてみたのだ。木右衛門が自害するなど、あり得ぬ、殺しに違いないと思ってな」

ところが殺しの痕跡は見つけ出せなかった。

袴田は言う。

「何しろ、抗った跡がなかったのでな」

「たとえばだ、何処か別の場所で首を絞め、庭に運びこんで自害に見せかけたのではないのか」

武蔵の疑問に、

「もちろん、わしだってそれくらいのことは考えた」

憮然としながらも袴田は語った。

それによると、木右衛門の亡骸が見つかった朝は、雨で庭がぬかるんでいた。木右衛門が首を吊った桜の木の下までは、木右衛門以外の足跡はなかったのだそうだ。

足跡を残した雪駄《せった》は木箱の脇に揃えてあった。

「だから、自害以外には考えられんわけだ」

わかったかと、袴田は断じた。

「繰り返すが、自害の理由は何だったんだ」

「それがわからんから、わしも、すっきりとはせぬ。遺書の文字は木右衛門のものに間違いなかったのだがな」

「遺書にはどんなことが書いてあったんだ」

「自分は永代橋の事故には関わっていないと、綴《つづ》ってあったな」

「それだけなら、死ぬまでのこともなかろうにな」

武蔵は首を捻った。

「まことにな」

袴田も解《げ》せないと繰り返した。

「これは、調べ甲斐があるな」

武蔵は膝を叩いた。

「おまえ、何故、そんなに調べるのだ」

「何となくだ」

武蔵は誤魔化した。

「ふん、いくら嗅ぎまわったところでな、何も出てこないぞ」

「そうかもな」

武蔵は大きなあくびをした。

「何を企《たくら》んでおるのだ」

「何もない」

縁台から腰を上げ、武蔵はそそくさと詰所から出た。

「儲かるなら一口嚙ませろ」

格子窓に張り付き、袴田は後ろから声をかけてきた。

四

あくる日の昼下がり、小次郎は深川木場町にやって来た。

木場は元禄《げんろく》十四年（一七〇一）、十五の材木問屋が幕府から土地を買い取ったことに始まる。彼らはこの地に掘割を含んだ土地を造成し、材木置き場と市場を開いた。以来、火事の多い江戸にあってなくてはならない重要拠点となっている。四方には土手が築かれ、縦横に掘割、掘割の内には十か所に橋が架けられていた。

軒を連ねる材木問屋の店構えは立派だが、それにも増して豪壮な屋敷が構えられている。生垣に囲まれているため庭を見物できた。いずれも手入れのゆき届いた風流な庭ばかりだ。木場には植木屋の上得意が多い。

海に面しているため、潮風が吹き込み、木の香と混じる。木挽き職人たちの木遣《きや》り節を聞きながら小次郎は木村屋の店先に立った。

今朝船宿夕凪に立ち寄り、但馬から南町による木右衛門自害の探索について聞いている。店の裏手に回り、木右衛門が首を括った桜の木を確認した。時節柄、花を散らした桜の木は何処にでもある木にしか見えない。

毎年春には、木右衛門一家や奉公人たちが花見を楽しんだに違いない。

すると母屋の裏手から娘が現れた。お洋であろう。お洋は小次郎に気づき、近づいて来た。小次郎は名乗り、但馬の手の者だと告げた。

「どうぞ、お入りください」

お洋に導かれ庭に入った。

桜の木の下に立つ。

お洋は辛いのだろう。うつむいたまま、木を見上げようとはしなかった。

「辛いだろうが、木右衛門が亡くなった時の様子を聞かせてくれないか。話したくなければ無理にとは申さぬ」

気遣いつつ小次郎が問いかけた。

お洋は小次郎を見返した。その表情は困惑に彩られている。

「あの……父の自害についてはもう南町のお調べがあったのです。わたしが荻生さまに頼んだのは八年前の事故についてのお調べでございます」

話が違うと言わんばかりのお洋の物言いである。小次郎は柔らかな笑みをもって受け止めてから、

「むろん、そのことは調べるが、いかんせん八年前の一件だ。木右衛門の死を調べれば、八年前の事故に辿《たど》り着けるかもしれぬではないか」

諭すように語りかけた。

お洋は不満そうだったが、

「わかりました」

と、小さくうなずいた。

「ならば、話を聞かせてくれるな」

小次郎は、但馬を通して聞いた武蔵が収集した南町の調べを念頭に、お洋に問いかけた。

お洋の答えはそれらを裏付けるものだった。

「木右衛門に自害の兆候は感じられなかったのだな」

念押しするように小次郎は問いを重ねる。

「はい」

お洋はうなずく。

「それは、娘には苦渋する姿を見せたくなかったのではないか」

小次郎は問いかけた。

「そうかもしれませんが、わたしは父が自害したなんてまだ信じられません。でも、父が自害したのはきっと、八年前の事故と自分は無関係なのだと、強く世間に訴えたかったからだと思います」

お洋の目は鋭く凝らされた。

「濡れ衣であると訴えるための自害ということか……」

侍ならわかる。

侍なら、身の潔白を立てるための切腹はあり得る。

商人を蔑むのではない。

侍は何よりも名誉を重んじるからこその行いであるが、商人なら暖簾を守るための行いとも考えられる。商人であればまずは利を求めるのではないのか。そのための行いを最優先させるものではないのか。

やはり、身の潔白を立てるための自害とは考えにくい。

「父は覚悟の自害だったのです。濡れ衣であると訴えるための自害だったのです」

小次郎が納得していない様子にお洋は強く繰り返した。

「木右衛門の亡骸を見つけた朝、庭は雨でぬかるんでおった。桜の木の周囲には木右衛門の足跡しかなかった……そうであるな」

小次郎は桜の木の下から母屋を見た。

母屋から十五間（約二十七メートル）程の半ばあたりから、木右衛門の足跡だけが残っていたという。お洋は地べたを見ながらうなずいて言った。

「桜の木の下に木箱があり、父はそこに上って首を括ったのです。木箱の横には雪駄が揃えてありました」

だから、覚悟の自害だとお洋は強調した。

木右衛門が自害したことに疑問の余地はなさそうだ。

「木右衛門は優れた商人であったのだな。小さな材木問屋をこれほどの大店にしたのだから」

「父は懸命に働きました」

「八年前から店が隆盛したので、永代橋の事故との関連が疑われておるのだな」

「父はあの事故の際に、人助けをしたのです。大勢の人々を助けたのです」

誇らしげにお洋は胸を張った。

「それも存じておる」

「南の御奉行さまから感状を頂戴しました」

「それによって、材木受注の入札資格も得たのだな」

「でも、それが目当てで人助けをしたのではありません」

強い口調でお洋は言い張った。

小次郎は黙った。

永代橋の事故を調べてくださいと改めて頼み、お洋は一礼して母屋に戻っていった。

入れ替わるように若い男がやって来た。男は手代の辰蔵と名乗った。

五

小次郎は辰蔵と向かい合った。

「荻生さまは、お嬢さんの願いをお聞き届けになられたのですね」

「そなたは調べ直すことに反対のようだな」

「はい」

きっぱりと答えてから、お嬢さんを守りたいと強い口調で辰蔵は言った。

「しかし、お洋本人は木右衛門の濡れ衣を晴らして欲しいと願っておる。その思いを叶えてやろうとは思わぬのか」

「お気持ちはよくわかります。ですが、いつまでも旦那さまの一件に囚《とら》われているより、ご自分の今後のことを考えられた方がよいと思うのです」

「そなたと夫婦《めおと》になり、木村屋を守《も》り立てるということだな」

小次郎の問いかけに辰蔵は苦笑を漏らした。

「まるで、わたしが木村屋の主人になりたいから申し上げているとお考えのようでございますが」

辰蔵は低い声を出した。

「違うのか」

冷ややかに小次郎は問いかけた。

「違いません。わたしは木村屋の主になって商いの腕を存分に振るいたい……木村屋の暖簾を大きくすることが旦那さまへの供養だと思っています」

覚悟を決めたように辰蔵は答えた。

「そうか、なるほどのう。そなたは木村屋に奉公して十年になるのだそうだな」

「十三で奉公に上がりました」

「二親はあの事故で死んだと」

小次郎は言った。

「はい」

「辛かっただろうな」

「忘れようがありません。ですからわたしはあの事故を乗り越えようとしてまいったのです」

目を爛々《らんらん》と輝かせ辰蔵は言った。

「永代橋の崩落事故、様々な者たちの運命を狂わせたのだな。そなたの二親は墓参の帰りであったとか」

「おとっつぁんとおっかさんは、それは仲睦まじい夫婦でした。おとっつぁんは植木屋だったのです。わたしを植木屋にしたかったようですが、わたしは手先が不器用というか、庭仕事が苦手で、むしろ、商いに興味を持ったのです」

父親は残念がったが、それでも息子の願いを叶えてやろうと木村屋に奉公できるよう頼んだ。木村屋に頼んだのはその庭の手入れを請け負っていたためだ。

「十三で奉公にあがり、十五で二親と死別したのだな」

小次郎の言葉に辰蔵は深くうなずいた。

「あの事故の日は、富岡八幡さまの祭礼でございました。木村屋でも、店を早仕舞いしてお祭りに行こうと、旦那さまがおっしゃって」

それで木右衛門について奉公人たちは富岡八幡宮に向かったのだそうだ。

妻と娘のお洋も一緒だった。

当時の奉公人は、小僧だった辰蔵を入れて五人だったという。

昼過ぎに木場を出て富岡八幡宮に近づくと、大変な騒ぎとなっていた。道行く者が口々に、永代橋がおっこちた、大勢の死者が出たようだと騒いでいた。

木右衛門は妻とお洋をその場に残し、奉公人たちを連れて永代橋に向かった。

「わたしもお嬢さんやお内儀さんと残るように言われたのですが、どうにも胸騒ぎを覚えまして」

二親が事故に巻き込まれているのではないかと心配になったのだ。そうなると、居ても立ってもいられなくなった。

木右衛門について辰蔵も永代橋に向かった。

「息を呑むとはまさにあの時のことでございます」

辰蔵は胸を押さえた。

「わたしもあの場におったゆえ、よくわかる」

小次郎の言葉に辰蔵は目をむいた。

「わたしは見習い同心であった。そなたは十五か」

慰めの言葉は出てこない。

大川の川岸は、壊れた橋の建材と亡骸、助けを求める者で混乱を極めていた。木右衛門は息絶えていない者を助け、亡骸を川岸に寝かせるなどした。辰蔵も必死で手伝った。

怪我を負って呻《うめ》く者、亡骸となった仏に泣いてすがる者、辰蔵はその後現在に至るまでその時の光景を夢に見る。

「わたしは通いの奉公人です。二親が心配で旦那様について橋に向かいましたが、犠牲者の中に二親はいませんでした。少しほっとして家に戻りましたが、二親はそこにもおりませんでした。同じ長屋の人たちに聞くと、朝出たきり戻っていないというのです。大家さんが、町役人さんからの指示で永代橋の事故に関わる住人がいないか、確かめているところでした。わたしは願い出てすぐにも永代橋まで引き返したかったのですが、夜になったこともあり、御奉行所が通行を止めているということで翌朝まで辛抱したのです」

不安でまんじりともしないで一夜を明かし、あくる朝、大家と一緒に木村屋木右衛門に断った上で永代橋に向かった。

二親は川岸に横たえられていた。

「おとっつぁんとおっかさんは並んで仏になっていました」

二人が夫婦なのだとわかっていたわけではない。

「不思議なことに、おとっつぁんとおっかさんは手を繋《つな》いでいたんです」

まさしく奇跡だった。父親の顔面は激しく川底に激突したようで、見るも無残に陥没していたそうだ。

それを見て辰蔵は泣き崩れた。

「わたしは、しばらくは何をすることもできませんでした」

二親を亡くし、天涯孤独の身となった辰蔵はその後懸命に働いた。それが亡き二親への供養だと自分に言い聞かせた。

「木村屋は永代橋の事故がきっかけとなり身代が大きくなったのだったな。材木受注の入札にも応じられるようになった」

「旦那さまは永代橋事故での働きが認められて、御奉行所の入札に参加できるようになりました」

それが評判となり、木村屋は身代が大きくなった。

「しかし、何故、木右衛門が事故を仕組んだなどという噂が立つのだろうな」

小次郎の疑問に、

「それは……」

辰蔵の目が泳いだ。

「心当たりがあるのだな」

「しっかりと間違いないとは言い切れないのですが、その……芝屋《しばや》さんなのですが」

「芝屋か」

芝屋は木場の老舗《しにせ》の材木問屋である。木右衛門は、元々は芝屋で修業した後に独立したのだった。

「芝屋は木村屋に対してよからぬ気持ちを抱いておるのだな」

「材木受注の入札で負け、お出入り先も木村屋に取られたと憤っておられたそうです」

「木右衛門に恨みを持っているということか」

小次郎が訊《き》くと、

「きっと、そうですよ」

辰蔵は声を高くした。

「芝屋か」

小次郎はうなずき木村屋を去った。


芝屋は老舗であるらしいが、今は寂しい店構えとなっていた。というか、店は営まれていない。通りかかった者に確かめると、主人の猪助《いすけ》は店を畳んでしまったという。猪助は二年前に死に、女房はよそで一人で暮らしているのだとか。

その足で女房のお佳代《かよ》が暮らしている長屋を訪ねた。富岡八幡宮の裏手にある長屋である。お佳代は真っ白の髪に皺だらけの顔で、曲がった背中が、より一層の老いを感じさせた。

小次郎は素性を明かした。

「八丁堀の旦那がどんなご用向きですか」

歯が抜けているため、聞き取りにくい声音である。

「そなたの夫猪助だが、木場で手広く商いをやっていたのだな」

小次郎が土産《みやげ》とした饅頭《まんじゅう》にお佳代は相好を崩す。小次郎の分も茶を用意し、美味そうに飲んでから小次郎に向き直った。

「まあ、昔語りになってしまいますわな」

と、お佳代は苦笑を漏らした。

それから、

「木村屋木右衛門を知っておるな」

問いかけるとお佳代は目をしばたたいた。

「首を括ったそうですね」

呟くように言った。

「以前、木右衛門は芝屋で働いておったそうだが」

「ええ、さようですが」

それがどうしたんだという目をお佳代はした。

「まあ、賢い奴でしたよ。材木の仕入れ先、卸先、ちゃんと押さえていましたからね。そんな奴ですから、自分に都合のいいときに出てったんですよ。うちの人が材木の下敷きになって大怪我した時でね、せめて半年待ってくれって頼んだんですけど、聞いてくれませんでしたよ。恩を仇《あだ》で返されたといいますかね、飼い犬に手を噛まれたといいますかね」

悔しそうに眉根を寄せ、お佳代は饅頭を食べた。

「憎いか」

小次郎の問いかけに、

「憎いっていいますかね、あんなに薄情な男だなんて思っていませんでしたから、がっかりしたって言った方がいいでしょうかね。で、うちの人と、あいつはきっと罰が当たるって言っていたんですよ。でも、永代橋が落ちて、それで儲けて、うちよりも身代を大きくしてね……比べてうちは不運でしたよ。あの事故で番頭の茂三《しげぞう》が死んじまって」

お佳代は深い溜息を吐いた。

「茂三は出来た番頭だったのだな」

小次郎の問いかけにお佳代は何度も首を縦に振ってから語った。

「それはもうよく働いてくれました。お得意先の評判もよくて……木右衛門が店を辞めなかったら、暖簾分けをしてやるつもりだったんです。永代橋が落っこちた日は掛け取りに行った帰りでしたよ」

「掛金はいかほどだった」

「二百両近くあったんですがね、川に流れてしまいました。茂三も溺れ死にましてね。二百両も痛かったですが、やはり、茂三を失ってうちは傾いてしまったんです。お得意はほぼ木右衛門に取られてしまってね……木右衛門は永代橋で人助けをしたってことで南町の御奉行さまが感状を下された、それでますます評判が高まって、永代橋再建で儲けて……大した奴ですよ」

皮肉混じりにお佳代は語り終えた。

「木村屋の身代が大きくなってゆくこと、さぞや面白くはなかっただろうな」

「さすがに祝う気にはなりませんね」

憮然としてお佳代は答えた。

「だから、木右衛門について悪い噂を流したのか」

ずばり小次郎が問いかけると、

「冗談じゃありませんよ、そんなことをするものですか。今更、木右衛門を恨んだって仕方ありませんもの。店は畳んだし、亭主は死んじゃいましたしね」

お佳代はかぶりを振った。

それでも小次郎は問いを重ねた。

「そなたを責めようとは思わぬ。正直に話してくれればそれでいいのだ」

「旦那、木右衛門の悪評、あたしが流したって思っていらっしゃるんですか」

お佳代の顔が剣呑《けんのん》な色に彩られた。

「木右衛門は永代橋事故を仕組んだという悪い噂を苦に自害したと思われる」

「そりゃ、木右衛門を誉めたりはしていませんよ。ひどい奴だって陰口を叩いたりもしました。でもね、永代橋の事故は木右衛門が仕組んだなんてことは言ってません。あたしがそんなことを言ったって、やっかみで出鱈目《でたらめ》を言っているんだって、誰も取り合っちゃあくれませんよ」

お佳代の顔に自嘲《じちょう》気味な笑みが浮かんでいる。木村屋の隆盛と自分たちの没落に思いを致しているのかもしれない。

小次郎が黙ったため言葉足らずと思ったのか、お佳代は言い添えた。

「読売に載っていた木右衛門の記事を見て、木右衛門なら永代橋を落としかねないってことくらいは言いましたけど……」

「では、尋ねる。木右衛門が永代橋を落としたと言い出した者に心当たりはないか」

「商いを大きくしていくにつれ、敵を作っていったのじゃありませんかね」

「なるほどな」

小次郎は顎を撫でた。

六

船宿の二階に小次郎がやって来た。背筋をぴんと伸ばし但馬に向かって一礼する。但馬はうなずき、小次郎の報告を待った。

「木右衛門の自害、原因は摑《つか》めませんでした」

申し訳なさそうに小次郎が頭を下げると、

「自害であるのは間違いないのだな」

但馬は問いかけた。

「状況からすると間違いないかと存じます」

「状況からとは」

但馬はさらに問いかける。

「木右衛門は間違いなく、首を括っておりました」

「殺しの線は考えられぬのか」

但馬が言ったところで武蔵がのっしのっしと階段を上ってきた。

「これだ」

武蔵は南町奉行所の例繰方から借りてきた口書を小次郎に渡した。小次郎はまずは但馬に見せる。武蔵は、

「木右衛門は自害以外には考えられないぞ」

と、言い、そう思うわけを続けた。

検死結果によると、死因は首吊り、他に怪我はなし、薬を飲まされていた形跡もない。

「おまけに、雨だ。雨で地べたはぬかるんでいた。桜の木の下までは木右衛門の足跡しかなかった。桜の木の根元には木右衛門の雪駄が置かれていた」

武蔵が語ると、

「なるほど、検死報告から明らかだな」

但馬は言い、小次郎もうなずく。すると、武蔵は誇らしげに胸を反らせた。

「どうした」

但馬がいぶかしむ。

「おれはな、これは殺しだと思うぞ」

「大門殿、状況からして自害だと申されたではござらぬか」

「申した。現場からしたら、自害としか思えんからな」

だがこれは殺しだと武蔵は断言した。

但馬と小次郎が黙り込んでいると、

「下手人は辰蔵だ」

武蔵はまた断言した。

「ふん、馬鹿なことを」

但馬は鼻で笑った。生真面目な小次郎は笑いこそしないが真顔で言った。

「お聞かせください」

「緒方さん、あんた、本当に生真面目だな。まぁいいだろう」

武蔵は立ち上がった。

それから腰を屈め、人を背負う格好をした。但馬は奇異なものでも見るような顔をしている。小次郎が言った。

「辰蔵は木右衛門の首を絞め、木右衛門の雪駄を履き、おぶって桜の木の下まで運んだ、とおっしゃりたいのですな」

「さすがは、緒方さんだ。ものわかりがいいぜ」

武蔵はどっかとあぐらをかいた。

「大門、だからどうしたのだ」

但馬は首を捻ったままである。

武蔵は言うまでもないだろうとばかりに但馬に向き直り、

「だから、自害にしか見えないが、こうすれば殺しは成り立つというわけだ」

「殺しが成り立つのと、実際に辰蔵が木右衛門を殺したというのは話が別だぞ」

但馬に指摘され、

「それはそうだが、おれは辰蔵が怪しいと思う。あいつは、お洋が木右衛門の身の潔白を示そうと必死で頼んでいるのに、やめるようお頭に願い出た。永代橋の事故のことを蒸し返されたくないんだ。蒸し返される中で木右衛門の自害について探索されるのを恐れたんだ」

どうだと言わんばかりに武蔵は声を大きくした。

但馬は、発言を促すように小次郎に視線を転ずる。

「大門殿、辰蔵が木右衛門を殺すわけは何でしょう」

小次郎は武蔵に問いかけた。

「辰蔵はお洋の婿になるのが嫌だったんだ。喜多八が聞き込んできたんだが、辰蔵はお洋の婿になると決まった時、嬉《うれ》しそうではなかったそうだ。それどころか、暗い顔をしていたというぞ」

という武蔵に小次郎は首を傾げる。

「何故、辰蔵はお洋の婿になるのを躊躇ったのですか」

「好みじゃなかったんじゃないか」

「そもそも、嬉しそうでなかったからといっても、お洋の婿になるのを嫌がっていたとは限りません」

小次郎は質問を続ける。

「二親のいない奉公人上がりの辰蔵には過ぎた縁談だ。婿養子が決まったら、普通は喜ぶだろう。少なくとも陰気な顔はしないはずだ。それが、暗い顔つきをしていたということは、お洋の婿になるのが嫌だったんだよ。お洋が嫌いなのか、他に好いた女がいるのか。嫌な婿養子の話を押し付けられたから、辰蔵は木右衛門を殺したんだ」

自信満々に武蔵は断じた。

黙ったままの但馬に向かって、

「お頭、辰蔵に泥を吐かせますぜ」

武蔵は勇んで言った。

ここで小次郎が意見を差し挟んだ。

「かりに辰蔵が木右衛門を殺したとして、どうしてあのような手の込んだことをしたのですか」

「自害に見せかけるためだ。首吊りってことで片付けばそれ以上探索されないじゃないか。実際、南町はまんまと騙《だま》されて自害で片付けたんだ」

「遺書がありました。間違いなく木右衛門本人の手によるものでした」

淡々と告げる小次郎に、

「書かされたんだよ。辰蔵は刃物で脅して無理やり遺書を書かせたんだ」

顔を真っ赤にして武蔵は言い立てた。

小次郎は首を傾げ、

「この遺書を拝見しますに、木右衛門に字の乱れはありません。覚悟の上で書き記したのだと思います」

小次郎は遺書を但馬に渡した。但馬も見てうなずく。

「びびって書くとぶすっといかれると思って、ちゃんと書いたんじゃないのか」

抗うように武蔵は反論した。

小次郎は至って冷静に言った。

「首を吊らせるのなら、座敷の欄間《らんま》に縄を掛ける方が楽ではありませぬか。わざわざ、背負って庭の桜の木まで運ぶのは面倒ですよ」

「それはそうだな」

但馬も賛同した。

「そりゃ、あれだよ。桜の木に辰蔵が拘《こだわ》ったんだ」

「どうして、拘ったのだ」

但馬が問いかけると武蔵は腕を組んだ。

すると小次郎が思い出したように言った。

「あの桜は植木屋だった辰蔵の父親が見つけてきたそうです」

途端に、

「それだ。辰蔵は親父の思い出の桜で木右衛門が首を括ったように見せかけたんだ」

武蔵は結論づけた。

「どうもしっくりきませんね」

小次郎は納得できない様子である。

「しっくりこねえのなら、辰蔵を締め上げて吐かせればいいさ」

武蔵は言った。

「手荒な真似は致すな」

但馬が口を挟んだ。

「大丈夫ですって。任せてくださいよ」

武蔵は言い張った。

但馬は武蔵から小次郎に視線を転じる。

「緒方、大門の申すこと、調べて参れ。辰蔵に話を聞くのじゃ」

「そ、そんな。お頭、おれに任せてくださいよ」

口を尖《とが》らせ、武蔵は抗議した。

「今回は緒方がよい」

但馬は言った。

「そりゃありませんよ」

納得しない武蔵に、

「手柄を競うことはない。褒美は同じだ。それにな、強面《こわもて》のおまえが出向いたら辰蔵は逃げ出すぞ」

声を放って但馬は笑った。

武蔵は憮然として口を閉ざした。

七

あくる日の午後、小次郎は再び木村屋に辰蔵を訪ねた。今日は分厚い雲が空を覆っている。風は湿り気を帯び、今にも雨が降りそうだ。

辰蔵は帳場机に向かい書付に目を通していた。小次郎を見ると立ち上がり、客間へと誘《いざな》った。お洋は稽古事に行って留守だそうだ。

「何かわかりましたか」

辰蔵は温和な表情で問いかけてきた。

「そなた、お洋の婿になること、不服であったのか」

ずばり、小次郎は問いかけた。

はっとしたように辰蔵は口をつぐんだが、

「わたしには過ぎた縁談だと思いました」

と、あっさり認めた。

次いで、

「もちろん、木村屋の跡取りとなることも躊躇われました」

と、言い添えた。

「どうして、不服であったのだ」

小次郎は静かに問いかけた。

「旦那さまを憎んでいたからです」

辰蔵の面相が激変した。

目は吊り上がり、唇がわなわなと震えている。

「憎む……何故だ」

小次郎は目を凝らす。

「旦那さまは……いや、木村屋木右衛門は、永代橋の死者を金儲けに使ったからです」

野太い声で辰蔵は答えた。その不穏な様子にはただならぬものが感じられた。

「まさか、やはり木右衛門が事故を仕組んだと申すのか」

「いくらなんでもそれはありません。あの日、木右衛門は富岡八幡宮に向かうまでは店で働いておったのです。それに、橋を崩壊させるとなると、よほどの人手を要します。わたしが木右衛門を悪しざまに申しますのは、木右衛門が人助けのかたわら、亡くなった方や瀕死《ひんし》の方の財布を盗み取っておるのを見たからです。その中には、材木問屋芝屋の番頭さんもいらっしゃいました」

木右衛門は助けるふりをして番頭に近づくと人知れず、川に顔を沈め、窒息死させたのだそうだ。芝屋は番頭茂三のお陰で店が繁盛していたという。

辰蔵は恐怖で声を発することもできず、その場から逃げ出したという。辰蔵に見られていると木右衛門は気づかなかったようだが、それ以来辰蔵は主が怖くなり、目撃したことは悪い夢だったと思いこむことにした。

お佳代の言葉が思い出された。茂三さえ生きていたら、永代橋の事故で死なかったら……。茂三が開拓した得意先を木右衛門は奪っていったのだ。

「あの男は善人の面を被った悪鬼でございます」

辰蔵は吐き捨てた。

小次郎はうなずきながら話の続きを促した。

「それだけじゃありません。茂三さんの懐から多額の金子を奪い取りました」

茂三は掛け取りの帰りだったようで、いくらかはわからないが、百両や二百両はあったのではないかと、辰蔵は声を上ずらせながら語った。お佳代の話によれば茂三は二百両近い掛金を持っていたはずだ。

「そんなとんでもない悪事を働きながらあいつは御奉行さまから感状を頂いたのです」

その時はわからなかったが今になって考えてみると、木右衛門が永代橋再建の材木受注を落札できたのは、南町の吟味方与力向井九郎兵衛に取り入ったからだと辰蔵は推測した。

「そなた、木右衛門の悪事に我慢がならず、いかがした。自害に追い込んだのか。それとも、自害に見せかけて殺したのか」

目を凝らし小次郎は問いかけた。

「違います。わたしは木右衛門に御奉行所に出頭するよう頼みました」

強い口調で辰蔵は勧めたそうだ。

「そなた、八年前のことを何故、今頃になって蒸し返したのだ」

「どういうわけか、一息ついた今ごろになって永代橋の事故に関する悪い噂が流れはじめたからです。あのときの木右衛門の行為を見ていた者がやはりいたのだなと思いました。噂話を聞いたり、読売を読んだりする内に胸にしまったはずの木右衛門の悪事が蘇《よみがえ》り、わたしは苦しみました。ところが、当の木右衛門はどこ吹く風、まるで気にしていないどころか、少しも悔いていない様子なのです。それで……それで……わたしは……」

辰蔵は大きく息を吸い込んだ。

異常な気持ちの高ぶりを辰蔵は見せた。小次郎は辰蔵の気持ちが落ち着くまでじっと待つ。辰蔵はもう一度大きく息を吸って吐くと、ようやく話を続けた。

「木右衛門は、おまえもやはり辰平《たつへい》の息子だな、と申しました。わたしは啞然《あぜん》としました」

その時、父辰平の死に顔が辰蔵の脳裏に蘇った。

「木右衛門は茂三さんを殺めた直後、おとっつぁんから声をかけられたのだそうです。おとっつぁんがそんな近くにいたなんて思いもしなかったと言ってました」

殺しの現場を見られた木右衛門は辰平に黙っているよう頼んだ。

「木右衛門は憎々し気に言いました。辰平は融通の利かない奴でな、わしに御奉行所に出頭しろと言いよった。この親にしてこの子ありというわけだ、などと、それはもう憎々し気に、まるでおとっつぁんが悪いみたいな言い方をしたのです。そのあとで、自分が辰平の亡骸を死んでいた女房の隣に寝かせてやった、一緒に冥途へ旅立てるよう手を繋いでやったよ、と恩着せがましく言いました。挙句に、お洋の婿にしてやる、と」

その時、辰蔵は辰平の顔面の怪我は大川に落ちた時に出来たのではなく、木右衛門に殴られたものだと、父は木右衛門に殴り殺されたのだと知った。

木右衛門は婿養子を条件に辰蔵の口を塞《ふさ》ごうとしたのだった。

「わたしは、おとっつぁんの仇討ちを誓いました」

何軒もの読売屋に投げ文をした。永代橋崩落は材木で一儲けを企んだ木村屋木右衛門の仕業だと記したそうだ。

「投げ文には木右衛門が実際にしたことを何故記さなかったのだ」

「あの時は木村屋を頂戴してやろうと思っていたのです。木右衛門の真の悪事が表沙汰になれば、木右衛門ばかりか木村屋も闕所《けっしょ》となってしまいます。それで、わたしは木右衛門を自害に追い込もうと考えたのです」

辰蔵は連日、木右衛門に自害を迫った。

「木右衛門は渋っておりましたが、お嬢さんに……お嬢さんにおまえがしたことを話す、と脅しましたら、ようやくのことで自害を決めました」

辰蔵は木右衛門に、辰平が世話をした桜の木で首を括るよう求めた。

「木右衛門もついに観念しました。遺書も書きましたよ」

辰蔵は笑みをこぼした。

「してやったりというところだな」

皮肉めかし小次郎は言った。

「緒方さま、わたしは罪に問われるのでしょうか」

ふてぶてしい笑みを浮かべたまま、辰蔵は小次郎に問いかけた。

「罪か」

小次郎は思案した。

「問われるとしたらどのような罪でしょう」

辰蔵は繰り返し問いかけてきた。

「直接手を下さなかったという点から、罪には問えまいな」

答えたところで小次郎は屋根を打つ雨音に気づいた。何時《いつ》の間にか降り出したようだ。

小次郎は立ち上がり、障子を開けた。桜の木が時雨《しぐれ》に白く煙っている。

縁側に立ち桜をじっと見た。

辰蔵も横に立った。

「春になったら、優美な花を咲かせるのだろうな」

桜に視線を向けたまま小次郎は語りかけた。

「おとっつぁんが自慢していましたよ。木場にはご立派なお庭が珍しくはないが、ここの一本桜くらい見事なものはないって……自分の庭でもないのにね……」

辰蔵の顔が泣き笑いに彩られた。

「親父さんは腕のいい植木屋だったのだな」

「ええ、それはもう。だから、わたしは植木屋を目指しませんでした。おとっつぁんには勝てっこありませんからね。おとっつぁんは庭木を見る目、剪定《せんてい》の腕、いずれも秀でていましたが、何より、真っ正直でした。植木屋仲間がよく言っていました。辰平さんが手入れすると庭木も正直に育つってね。木が正直に育つとはどういう意味かわかりませんでしたが、あの桜を見ていてぼんやりとわかったような気がします。木右衛門はあの桜を見た時、うちには過ぎた桜だって植えるのを躊躇ったそうです」

木右衛門が桜を植えたのは芝屋から独立して間もなく、今から十年前だったそうだ。辰平の、桜が似合う店にしてくださいという言葉を受け入れ、木右衛門は精進したのだった。

「木右衛門は正月になるとわたしたち奉公人に言いました。あの桜の木の下で楽しく花見ができるようしっかり働こう、と……わたしも花見が楽しみでした。花見は無礼講、みんな賑《にぎ》やかに飲んで、歌って、踊って……普段食べられない御馳走《ごちそう》が出て……わたしは蒲鉾《かまぼこ》がとても楽しみでした。いつも厳しい旦那さまも花見の時ばかりはお優しくて。着物の裾を尻はしょりして、ひょっとこの面を着けて剽軽《ひょうきん》に踊ったりして」

知らず知らずの内に辰蔵は木右衛門をまた旦那さまと呼んで語り終えると、両目を瞑《つむ》り佇《たたず》んだ。表情が緩み身体が揺れ出した。

今、辰蔵の脳裏には満開の桜が咲き誇っているに違いない。

と、かっと両目を見開くや辰蔵は縁側から飛び下り、桜に向かって走り出した。唖然とする小次郎を他所《よそ》に、雨水を跳ね上げ桜の前に辿り着くと辰蔵は両足を踏ん張った。次いで、雨をものともせず桜を見上げる。

髷《まげ》が曲がり、すっかり濡れ鼠だ。声をかけるのは憚られた。

やおら、辰蔵は桜の幹を抱きしめた。

「おとっつぁん！　おとっつぁん！」

声を放って辰蔵は泣き叫んだ。

時雨の庭に辰蔵の慟哭《どうこく》がいつまでも響き渡った。


あくる日、辰蔵は小次郎に伴われ南町奉行所に出頭した。

木右衛門を脅し、死に至らしめたと自白した。奉行所では扱いに窮した。木右衛門は既に南町奉行所が自害として処理しているし、八年前の木右衛門の罪業に関して、辰蔵の証言だけでは吟味のしようがない。

結局辰蔵は不問に付された。

それでも辰蔵は、自分の罪を白状したことに悔いはないと、さっぱりした顔で小次郎に礼を言った。

今後は江戸を去り、上方《かみがた》の材木問屋に奉公し、一から出直すそうだ。

但馬は木右衛門の悪行は秘したまま、お洋に永代橋崩落は事故で間違いない、木右衛門が仕組んだのではないと説明した。それでお洋が納得するか危ぶまれたが、お洋は頼みに来た日とは打って変わって大人しく受け入れた。

木右衛門の死から日数《ひかず》が経ち、木村屋への嫌がらせが止んだこと、辰蔵が突然出て行ってしまったことが影響しているようだ。

お洋もやがて父の死を乗り越えよう。あの一本桜が満開の花を咲かせる頃には新たな人生を歩み始めているに違いないと、小次郎は思った。

第三話　すりの供養

一

霜月《しもつき》（陰暦十一月）一日の昼下がり、お紺は霊岸島の横丁をそぞろ歩いていた。

いや、そぞろ歩きと言うには寒さが募っている。吐く息が白く流れ、日陰の路面には霜が降り、歩くときゅっきゅっと音を立てた。肌寒い風が洗い髪をふわりとなびかせる。背中を丸め、両手に息を吹きかけた。

すると、身を屈めている女が目に入った。小柄な身体、老婆である。

「お婆さん、大丈夫」

お紺は声をかけながら隣に屈み込んだ。

老婆は返事をしない。

「お医者へ行こうか」

再び声をかけると、

「す、すまないね」

かすれた声で答えて老婆はゆっくりと腰を上げた。お紺も立ち上がる。が、すぐに老婆はよろめきお紺の肩にすがった。

お紺はにんまりとし、

「悪戯《いたずら》はいけないよ」

と、老婆を見返した。

老婆は薄笑いを浮かべ、

「おまえ、同業かい」

低い声で問いかけてきた。

「婆さん、いい加減、足を洗った方がよくはないかい」

「余計なお世話だよ。それより、何か食わせておくれな」

悪びれることなくお紺に頼むと老婆は恵《けい》と名乗った。すり取ろうとした相手にたかるとは厚かましいにも程があるが、お紺はこの老婆に興味を覚えた。

「あたしは紺……」

お紺は周囲を見回した。蕎麦《そば》屋がある。

「蕎麦でいいかい」

お恵に視線を戻すと、お恵はさっさと蕎麦屋の暖簾を潜ってしまっていた。

「妙な婆さんだね」

小さく息を吐き、お紺はお恵に続いた。

蕎麦屋に入るや、

「熱いのおくれな」

お恵は燗酒を頼み、冷えるねえと両手を揉《も》み合わせた。お紺も付き合うことにした。燗酒と焼き味噌を注文する。

「お紺ちゃん、あんた、いい腕していいるね」

お恵はまじまじとお紺を見つめた。次いで、見せてご覧と、差し出させたお紺の両手を握った。お恵の手はささくれていたが不思議な温かみがあった。

婆ちゃん……

長崎の祖母を思い出す。二親はお紺が五つの頃、火事で焼け死んでしまった。以来、お紺は祖母に面倒を見てもらった。冬の朝、祖母は水を汲んでかじかんだお紺の手を握って息を吹きかけ、両手で揉んでくれたものだ。

その祖母もお紺が十歳の時に病で死んだ。天涯孤独となったお紺は大道芸人の一座に加わった。お手玉や曲独楽《きょくごま》を習得する内に、元すりの先輩芸人から、小遣い稼ぎになるとすりの技を仕込まれたのだ。

燗酒が運ばれてくるとお紺は我に返り、両手を引っ込めた。

「あんたの手、すりになるために生まれてきたような手だね。細くて長い中指は、すりにもってこいさ」

お恵は目を細めた。

「誉めてくれてありがとう。お恵婆さんは、何年やってるんだい」

「十からだから、もうかれこれ、五十年さね」

肌はひからびているが目つきは鋭い。手は皺だらけだが指はほっそりしていた。左の中指の爪が伸びているのはわざとそうしているのだろう。お紺の酌を断り、お恵は手酌で、猪口ではなく湯呑みに燗酒を注ぐ。次いで両手で持ち一口飲んだ。美味そうに目を細める。

「捕まったことはないのかい」

お紺も手酌で自分の猪口に注いだ。

「餓鬼の頃は随分と捕まったさ。そのたびに、泣いてわめいて、許してもらったり、隙を見て逃げたりしたさ」

きっかけは、火事で二親を亡くしたことだった。孤児になったお恵は彷徨《さまよ》っているところを男に拾われた。重吉《じゅうきち》という練達のすりだった。

「親方に仕込まれたのさ」

重吉はお恵のような孤児を拾ってきては、すりの技を仕込んでいたのだそうだ。もっとも、いくら仕込んでも見込みのない者は追い出されたという。

語り終えるとお恵は箸《はし》の先に焼き味噌を付けて舐《な》めた。左手でである。

お紺の視線に気づいたお恵は言った。

「親方に仕込まれたんだ、左手を使えるようになれって。でね、箸を左手で使うようにさせられたんだ」

左手を使うすりをお恵たちはやらされていたのだそうだ。

「親方は達者なのかい」

お紺の問いかけにお恵は肩をそびやかした。

「死んじまったさ。もう、五年になるね。病でぽっくりとね。前日までぴんぴんしてたのに、呆気《あっけ》ないもんだったよ」

重吉は七十五で亡くなったそうだ。

「あんたは……」

お恵に問われ、

「あたしは長崎から流れてきたんだ」

と、ここまでお紺が答えたところで、

「いいよ、もう話さなくたって。いい思い出じゃないだろうからさ」

お恵は酒を飲み続けた。

頬を緩め、美味そうに酒を飲む姿は、お恵の人生が見えるかのようであった。

「あんたさ、手伝ってくれないかね」

不意にお恵は言った。

「すりかい」

お紺が返すとお恵はうなずく。

「どんな仕事だい」

「谷中《やなか》の仙蔵《せんぞう》、通称、すっぽんの仙蔵の財布をすってやりたいんだ」

「そりゃ、何者だい」

お紺は興味を抱いた。

「岡っ引さ。性根の腐った野郎だ」

憎々し気にお恵は顔を歪めた。

お恵の仲間が仙蔵に捕らえられたそうだ。

「すりは現場を押さえなきゃいけないだろう」

仙蔵はすりの現場を押さえることに長けているのだろうか。

「そうさね。それで、一度はお目こぼしされるんだ」

吐き捨てるようにお恵は言った。

「仙蔵は一切の目こぼしをしないっていうことかい」

お紺が問いを重ねる。

「そうじゃないんだ。あいつは、汚いんだよ」

性根の腐った野郎、汚い……仙蔵は言葉通りの卑劣漢なのか、お恵がよほど毛嫌いしているのか。

仙蔵は子供のすりを好んで捕まえるそうだ。叱責せず、飴《あめ》を買ってやって手なずけ、すり仲間について聞き出す。そして、仲間の一人を捕まえて殴る、蹴《け》るの乱暴を働き、見逃して欲しかったらすった財布の中身を出せと要求するという。

「すりを使って私腹を肥やしていやがる。とんでもない十手持ちさ」

財布をすらせ入っていた金の七割を取るのだとか。上前を撥《は》ねるどころの騒ぎではない。

悪徳岡っ引仙蔵に一泡吹かせてやろうとお恵は考えているのだそうだ。

「あたしゃね、仙蔵に顔が知られているからさ、あたしが仙蔵の注意を引いてる間に、あんた仙蔵の財布をすってくれないかい」

お恵は頼んできた。

「そんな嫌な奴なら、とっちめてやりたいね」

十手をちらつかせ、すりを食い物にするような奴である。お紺もやる気になった。

「ありがとよ」

お恵は笑みを広げた。

「で、いつ何処でやるんだい」

「明日の昼八つ半（午後三時）、ここでさ」

お恵は言った。

「仙蔵の縄張りは谷中界隈《かいわい》じゃないのかい」

お紺の問いかけに、お恵が答える。

「両国に女を囲っていやがるんだ。で、三日に一度、通ってくるのさ」

「なるほどね」

お紺が納得したところで、お恵が言う。

「蕎麦、食べるよ」

「ああ、いいよ」

「ここはね、貝柱のかき揚げが美味いんだよ」

「頼めばいいさ」

お紺が了解すると、お恵は盛り蕎麦と貝柱のかき揚げを頼んだ。こんがりとした狐色の衣が食欲をそそる。お恵が薦《すす》めただけあって美味であった。衣はさくさくと歯応えがあり、貝柱の甘味がじわりと舌に滲む。熱々の天麩羅《てんぷら》が冷たい蕎麦の味を引き立ててもいた。

お恵は旺盛な食欲を示した。大ぶりのかき揚げをぺろりと平らげ、蕎麦も三枚食べた。

勘定になってやっぱり悪いからとお恵は帯に挟んだ財布を取り出そうとした。値の張りそうな螺鈿《らでん》細工の財布だ。おそらく、すり取ったものだろう。

「いいよ、今日はあたしが奢《おご》るって約束したんだから」

お紺が言うと、

「悪いね」

あっさりとお恵は財布を帯に押し込んだ。

蕎麦屋を出るとお紺はお恵と別れた。

成り行きでお恵を助けることになってしまったが、まあ、これはこれで面白そうだ。お紺は久しぶりにわくわくしてきた。

二

あくる二日の昼八つ半、永代橋の袂でお紺はお恵と落ち合うことになっていた。橋の下の川岸に大勢の男女がたむろしている。数人の男たちが、

「心中だあ！」

と叫び立て、川岸に下りてゆく。

川岸に気を取られているとお恵がやって来た。

「仙蔵の奴、心中しやがった」

お恵は川岸に向かって顎をしゃくった。

人だかりは野次馬のようだ。

囲っている女と仙蔵がお互いの手と足を結び、大川に飛び込んだのだという。

「仙蔵、聞いた感じでは心中するような男には思えなかったけどね」

お恵の話では、すりの上前を撥ねるとんでもない悪徳十手持ちである。それが女と心中するとは。

「人間、わからないもんだね」

お恵は両手を袖に入れ、路傍の小石を蹴飛ばした。

「心中相手ってのは、どんな女だったんだい」

お紺の問いかけに、

「あたしらの仲間さ」

しょんぼりとお恵は答えた。

お墨《すみ》という美貌《びぼう》のすりだったそうだ。仙蔵が目をつけて自分の女にしたのだという。

「お墨は別れたがっていたんだよ。かわいそうなもんだね」

しみじみ言うとお恵は悔しそうに顔を歪めた。

「死ぬなら惚れた女を道連れにって気持ちだったんだろうね」

お紺は言った。

「勝手な奴だ。悔しいね」

ともかく、これですりはしなくてよくなったわけだが。なんだかすっきりとしない、気持ちの悪い話だ。

「お紺ちゃん、無駄足になって悪かったね」

「そんなことはいいんだけど」

何か引っかかる。

「近頃、心中が流行《はや》ってるんだよ。仙蔵が流行りに乗っかったってわけじゃないとは思うけどね」

お恵が言うように、このところ心中が流行っている。読売では連日面白おかしく心中を取り上げていた。中には無理心中と思しきものもあって、巷《ちまた》ではあちらこちらで心中が起きていた。

「でも、妙だよ」

お恵は申し添えた。

「お墨さんが心中したことだね」

お墨が応じるとは思えないとお恵は言いたいようだ。とすると、当然、無理心中ということになる。

そのとき、大川の川岸から大門武蔵が上がって来るのが見えた。心中現場を検証してきたようだ。武蔵のことだ。心中なんてつまらない一件を押し付けられたと不満に思っているのではないだろうか。

「ちょいと、あの旦那に聞いてみるよ」

お紺は言った。

「知っているのかい」

お恵は武蔵を見やった。

「まあ、ちょっとね」

お恵をその場に残し、お紺は武蔵に近寄っていった。

「大門の旦那」

お紺が声をかけると、

「おお、さては稼いでいたのか」

と、人差し指を立てたり曲げたりした。

「違うったら」

お紺はむっとして返し、心中について問い質《ただ》した。

「男の方は岡っ引なんだろう。谷中の仙蔵、すっぽんの仙蔵って評判の悪徳十手持ちだぞうじゃないか」

ずけずけとお紺は言った。

「よく知ってるな。あいつ、そんなに評判が悪かったのか」

武蔵は指で顎を掻いた。

「でさ、相手の女……」

言葉を止め、思わせぶりな顔をする。

「仙蔵が囲っていたようだな。溺れ死んでいたから、ずいぶんと面相は変わっていたがな、それでも、いい女だってことはよくわかったよ」

武蔵は下卑《げび》た笑いを浮かべた。

「心中で間違いないのかい」

お紺は目を凝らす。

「なんだ、おまえ、違うとでもいうのか」

「お墨さん、本音では仙蔵のことを嫌っていたらしいよ」

「どうして、おまえ、そんなことまで知っているんだ」

肩を怒らせ武蔵はお紺を睨んだ。

「蛇《じゃ》の道は蛇《へび》、ご同業だからね」

お紺の答えにふ〜んと疑わしそうな目をしながら武蔵は答えた。

「間違いない」

「仙蔵はすりの上前を撥ねていたって聞いたよ」

「そうか、とんでもねえ野郎だったってわけだ」

武蔵は鼻を鳴らしてから、人のことは言えないけどなと笑った。

「そんな仙蔵とお墨さんが心中するはずはないと思うんだよ」

「仙蔵の無理心中とでも言いたいのか。だけど、それは当たらないぞ。無理心中なら刃物でお墨を刺すとか首を絞めるとかするだろうが、二人の亡骸はお互いの腕と足を紐《ひも》で括っていた。お墨が暴れたりして抗ったのなら、紐で括ることはできないはずだ」

武蔵は真顔で言う。

「だからさ、誰か他の者による仕業なんじゃないかね。二人に眠り薬を飲ませた上で、心中に見せかけるために紐で括って永代橋から投げ落としたのかもしれないよ」

お紺の考えを聞いて武蔵は顔を歪めた。

「誰がなんでそんな手の込んだことをするんだよ。もしそれをやろうとしたら、一人じゃできないぞ」

「だからさ、調べておくれでないかい」

「馬鹿馬鹿しい。心中を調べる程、奉行所は暇じゃないんだ」

武蔵は歩き出した。大きな背中に向かってお紺は声を放った。

「大門の旦那はいつも暇じゃないか」

「これで案外忙しいんだ」

振り向きもせず右手をひらひらと振って武蔵は去っていった。

「ふん、湯屋の二階でしょっちゅう将棋を指してるくせに」

お紺は石ころを蹴飛ばした。

お恵がやって来た。

「調べてくれそうかね」

気持ちの籠っていない口調からして期待はしてないようである。お紺は首を横に振って答えた。

「心中は取り合わないんだってさ」

「ふん、それだけじゃないさ。仙蔵は南町から十手の手札を貰っていたんだ。だから、南町としちゃあ、仙蔵を調べて悪事が露見したらまずいんじゃないかね」

「藪蛇《やぶへび》ってことか……でもね、あの大門の旦那はそんなことは気にしやしないよ」

「でも、調べてはくれないんだろう。所詮、身内は庇《かば》うのさ」

お恵は鼻で笑った。

「そうじゃないよ。金さ。金をやれば動くんだよ」

お紺は言った。

「金か……そうかい。それなら、話は早いよ。まとまった金を用意するさ」

お恵は目を光らせた。

「お恵婆さん、無理しなさんなよ」

「馬鹿にするんじゃないよ」

笑みを浮かべ左の中指を立てたり曲げたりした。

「あたしも手伝うよ」

「余計なお世話だ。これはね、お墨の敵《かたき》討ちなんだ。昨日今日知り合ったあんたの手を借りるわけにはいかないんだよ」

お恵は意地になっているようだ。

「わかったよ」

「いくら、必要だい」

「五十両くらいかな」

お紺は右手を広げた。

「わかった」

返事をするや、お恵は雑踏に紛れていった。

あくる三日の昼下がり、船宿夕凪の二階に御蔵入改の面々が集まった。

お紺はいつものように立膝をついているものの洗い髪には触れず、武蔵を睨んでいる。

武蔵は素知らぬ顔でそっぽを向いていた。お紺は唇を尖らせた。今日はいつもよりも濃い紅を差しているため、妖艶さが際立っている。

「そろそろ、儲け話があるんでげすか」

喜多八が揉み手をしながら言う。

武蔵は鼻で笑った。

「さて、今回はな、緒方が北町で御蔵入になった一件を持ち込んできた」

但馬は言った。

小次郎が軽く一礼する。

「緒方、説明してくれ」

但馬が促すと、小次郎はまとめてきたという書付を配った。小次郎らしい几帳面な文字で綴ってある。武蔵は受け取ったものの、読む気がないのかすぐ畳に放り出した。喜多八とお紺に配られたものはかなで書いてある。

みなが読む前に小次郎は語り始めた。

「一件は今年の長月《ながつき》（陰暦九月）に起きた」

と、小次郎が語ったのは殺しである。

殺されたのは浪人者、場所は上野池之端《うえのいけのはた》の裏路地である。

浪人はうなじを刺されていた。賭場の用心棒をしていた淵田左門《ふちださもん》という男であった。

「殺しの探索をしていたのは谷中の仙蔵……」

「仙蔵」

お紺と武蔵は同時に声を上げた。

小次郎は二人に視線を向けた。

「仙蔵は南町から手札を与えられていたんだぞ。与えていたのは筆頭同心の袴田庄左衛門さんだ。北町の事件に、なんで仙蔵が動いているんだ」

不満を滲ませながら武蔵は問い質した。

「もっともなお尋ねです」

丁寧に応じてから小次郎は説明を加えた。

北町は淵田が用心棒をしていた池之端の賭場を摘発した。その時、仙蔵が摘発を手伝った。十手持ちとしてではなく、一介の町人として摘発に協力したのだそうだ。その流れで、淵田殺しの探索にも関わっていたという。

「なんで、あいつが賭場の手入れなんぞ手伝ったんだ。どんな魂胆があったんだ。北町は手間賃を弾んだのか」

一層不満を募らせ武蔵は鼻を鳴らした。

「金目的ではないと仙蔵は申しました。自分は南町から手札を貰っているんで北町から駄賃を貰うわけにはいかないと申して、御奉行が褒美を与えようとしたのを拒んだのです」

小次郎が言った。

「まさか、あんなにも銭に汚い男が遠慮したというのか。それならどうしてあいつは北町が賭場を手入れするのに協力したんだ」

武蔵は首を傾げた。

「それは……これはあくまで仙蔵の申したことですが、南町のさる同心がその賭場と懇意にしているから、南町が手入れに動けば、賭場に筒抜けになると申しておりましたな」

小次郎の言葉に武蔵は舌打ちをした。途端に、

「こりゃ、とんだ藪蛇でげすよ」

おかしそうに喜多八は言った。武蔵は喜多八の頭を小突いてから訊いた。

「池之端の賭場というと源次郎《げんじろう》のところだな」

「さようです」

小次郎が答えると、

「源次郎のところの用心棒というと、ああ、あの浪人か」

殺された浪人淵田左門を武蔵は知っていた。

「どんなお方だったたんでげす」

喜多八が問いかけた。

「どんなって聞かれてもな……まあ、腕は確かだったな。賭場の用心棒をやっていたくらいなんだから。一度、性質《たち》の悪い客が因縁をつけてきたのを追い出したところに居合わせたな」

客はやくざ者で、源次郎の賭場を荒らしにやって来た連中だった。壺振《つぼふ》りにイカサマだと言いがかりをつけ、騒いだ。すると、賭場の隅にいた淵田がすっくと立ちあがり、物も言わずやくざ者を叩きのめした。

「相手は五人だった。中には懐《ふところ》に呑んでいた匕首《あいくち》を使う奴もいやがった。淵田は刀を抜くやそいつの手首を切り落としたんだ。抜く手も見せずとはまさにあのことだったな。相手が右手を落とされたって痛がる前には刀は鞘に戻っていたよ。残りの連中は泡食って逃げてった」

やくざ者撃退を淵田は淡々とやってのけたそうだ。一言も発せず、何事もなかったようにその後も賭場の隅に座っていた。

「用心棒をやっていただけのことはあるんでげすね」

喜多八は両手を打って感心してみせた。

「淵田を殺した下手人、北町じゃ見つけられなかったのか。淵田を殺《や》ったくらいなんだから、凄腕だろうに」

北町を無能呼ばわりするに等しい言い方だが、小次郎は感情を抑えるようにして口元に笑みを浮かべて返した。

「さようですな。見つけられなかったのはわれら北町の探索に落ち度があったから……落ち度とは仙蔵に任せたままにしておったことです。源次郎の賭場を手入れする目的が達せられ、仙蔵も死んだとあって、淵田殺しの下手人探しは御蔵入となりました」

仙蔵はどうしても自分が淵田殺害の下手人を探索すると言い張ったそうだ。

「何故、仙蔵は淵田殺しに拘ったんだ」

武蔵は問いを続ける。

「その辺のことも、我らは深入りしなかったのです。谷中は門前町ゆえ、町方が遠慮しているのも背景にはありました」

門前町は寺社奉行が管理していたのだが、延享《えんきょう》二年（一七四五）から町奉行の支配地となった。それでも、有力な寺院の門前町には立ち入りが遠慮されている。谷中は岡場所として有名だが、僧侶も遊んでいたため無闇に摘発をすると寺院や寺社奉行と揉める場合もあり、よほどのことがない限り、遠慮していた。それは南北問わず同様だ。

「要するに及び腰になっていたってわけか」

無遠慮な武蔵の言葉を噛み締めるようにして小次郎は口をつぐんだ。

おもむろに但馬が口を開いた。

「お紺、そなたも仙蔵を知っておるようだったが……」

但馬はお紺が仙蔵の名前に反応したことを見逃してはいなかった。

「仙蔵の心中に疑いがあるんですよ」

ちらっと武蔵を一瞥《いちべつ》してお紺は答えた。

「心中……」

但馬が首を捻ると武蔵が答えた。

「一昨日《おととい》の夜、仙蔵の奴、囲っていた女と永代橋から大川に飛び込んだんだ。その心中相手の女、お墨っていうのがお紺と同業だそうだ」

顎を掻きながら武蔵は説明した。

それを受けてお紺は、お墨を知った経緯《いきさつ》を話した。お恵と知り合った経緯から、お恵から仙蔵に一泡吹かせたいからと頼まれ財布をする手はずだったこと、それなのに仙蔵がお墨と心中してしまったこと、と順序だててお紺は話した。

「それで、お恵婆さんが言うには、お墨さんが仙蔵と心中するはずはない、きっと殺されたんだって……」

「心中に見せかけた殺しと言いたいのだな」

但馬に確かめられ、

「お恵婆さんはそう信じています」

お紺は訴えた。

「早計に結論は出せないが仙蔵の心中、淵田殺しと関係しておるのかもしれぬな」

考えを述べてから但馬は小次郎に向いた。

「淵田殺しと仙蔵の心中事件が結びつくのかどうかはわかりません。わたしは、一から淵田殺しを探索してみたいと存じます」

生真面目な小次郎らしい慎重な姿勢を示す。

「いや、緒方は心中を探索せよ。大門が淵田殺しを当たるのだ」

但馬の指示に小次郎はおやっという顔をしたが、逆らいはしなかった。武蔵は不満そうに黙っている。

「大門、淵田を雇っていた博徒を存じておるのだろう。ならば、その線から洗うのがよかろう」

但馬の指示に武蔵は異を唱えなかった。

「尚、事前に申しておく。礼金は期待するな」

但馬の懐から金を出すようだ。喜多八は肩を落とした。

すると、

「礼金が出るかもしれないよ」

お紺が口を挟む。

喜多八が顔を上げた。

お紺は、お恵が五十両を用意するつもりであることを持ち出した。

「わかりました。あっしも張り切って聞き込みをやるでげすよ」

現金にも喜多八は張り切った。

「ならば、探索にかかれ」

但馬は命じた。


あくる日の昼下がり、小次郎は仙蔵の家を訪ねた。

仙蔵の家は谷中寺の裏手に構えられた髪結い床であった。女房にやらせているのだ。仙蔵が死んだとあって髪結い床は仕舞っていた。腰高障子に仙人床《せんにんどこ》という屋号が記され喪中の札が貼ってあった。

小次郎が腰高障子に手をかけると横にすっと動いた。

小上がりに女が一人、ぽつんと座っていた。

今日はやっていないと女は言いかけたが、小次郎の形《なり》を見て八丁堀同心とみとめ、どうぞと辞儀をした。

足を踏み入れると小次郎は北町の緒方だと告げた。

「おや、北町の旦那ですか」

女房は邦《くに》と名乗り、意外そうに目をしばたたいた。弁慶縞《べんけいじま》の小袖に包んだ小太りの身体、顔も丸くて決して美人ではないが、お邦は客商売向きの愛嬌《あいきょう》のある顔立ちをしていた。

それでも、亭主が自分以外の女と心中したとあって、お邦の表情は曇っている。悲しみよりも困惑が勝っているのかもしれない。

「あの人、成仏していないんじゃありませんかね」

お邦はぼんやりとした顔で言った。

心中遺体を身内が引き取ることはできない。弔いは許されず、無縁仏として葬られる。従ってお邦は仙蔵の野辺の送りをしていない。別れができないままとあって、お邦は亭主の死を受け入れられていないのかもしれない。

「わたしは仙蔵の心中について調べておるのだ」

小次郎が告げると、

「まあ……」

糸のように細い両目が見開かれた。

「まだ辛いようであれば、日をおいて出直してまいるが……」

小次郎らしい気遣いを示すと、お邦は表情を引き締めて言った。

「ご心配には及びません。あたしも踏ん切りをつけないといけませんのでね。髪結い床だっていつまでも閉めておくわけにはいきませんから」

そうか、と小次郎は口元を緩めてから問いかけた。

「まず……そうだな、そなた、仙蔵の心中に心当たりはあるか」

「まったくの寝耳に水でございました」

言葉を裏付けるかのようにお邦は驚きの表情を浮かべた。

「心中相手のお墨を存じておったのか」

「いいえ、それも初耳でした」

「心中する前、仙蔵に不審な点は見受けられなかったか。たとえば、思いつめたような顔をしておったとか」

「いいえ、普段通りでした」

お邦は首を左右に振った。

益々《ますます》、心中に疑念が募る。

「仙蔵はどんな男だった」

言葉は明瞭なものの漠然とした問いかけに対して、お邦は答えを整理しようとしてか、しばらく口を閉ざした。

お邦から視線を外し、小次郎は答えを待つ。

やがて、お邦は語り始めた。

「うちの人は十手持ちになるために生まれてきたような人でした」

その言葉が仙蔵の人となりを表していると言いたいのだろう。お邦の声音には熱が籠っていた。女房にここまで言わせるとは大したもので、仙蔵という男の人柄が伝わってくる。

「詳しく話してくれ」

優しく問いかけた。

「うちの人は十手持ちの仕事を、それはもう熱心にやっていました」

昼間、家にいることなど滅多になかった。縄張りとしていた谷中界隈はもとより、上野、浅草《あさくさ》にまで足を延ばし見回りをしていたそうだ。家にいる時は髪を結ってもらう客たちのやり取りに耳を傾けていた。夜になると、夜回りを欠かさなかった。

雨でも雪でも、炎天下の夏も寒風吹きすさぶ真冬でも見回りを欠かすことはなかったという。

「そりゃ、あの人の評判が悪いのはあたしの耳にも入ってきてましたよ。かっぱらいを見逃す代わりに袖の下を取ったりもしていたようです。でも、かっぱらいは堅気じゃなくってやくざ者ばかりでした。あの人はやくざ者の小さな罪はお目こぼしをすることで、ネタ元にしていたんです。殺しとか盗みを働いた奴らを捕まえるのに、そうした連中を使っていたんですよ。あの人はのめりこむといいますか、一度これと見込んだら食いついて離れないところがありました。ですから、すっぽんの仙蔵なんて二つ名をつけられたんですがね」

「下っ引はいなかったのか」

「いませんでした。一匹狼《おおかみ》というか、他人《ひと》と一緒に仕事をするのが嫌いだし、不得手でしたね。ですから、飲みに行くのも一人でした」

それゆえ、人から嫌われるのも平気だったそうだ。

「すりの上前を撥ねておったそうだが」

「もし、それが本当なら、きっと、十手御用のためだったのだと思います」

女房の欲目かもしれないが、お邦は仙蔵を信じ切っている。

「心中相手のお墨はすりだったそうだ」

「へえ、そうだったんですか」

お邦は遠くを見るような目をした。仙蔵のことを語る内に思い出が蘇ってきたようだ。が、それも束の間で、お邦の顔は険しさに彩られた。

「何か心当たりがあるのか」

期待を込めて小次郎は問いかけた。

「いえ……勘違いかもしれません」

躊躇いを示すお邦に小次郎は言った。

「間違っていてもよい、何でも話してくれ」

「思いもかけないことがあるもんだな、と、あの人は感慨深そうに呟いたんです」

「いつのことだ」

「十日ばかり前、朝餉《あさげ》を食べている時でした。で、思いがけないことって何だいって尋ねたんですが、何でもいいじゃねえかって、誤魔化されました」

「その時の顔つきはどのようであった」

「生き生きとしてました。きっと、十手御用のためになることに考えが及んだんだなって思いましたよ。あたしは、それ以上は聞きませんでしたが」

仙蔵は御用について話さなかったし、聞かれるのを嫌ったとお邦は言い添えた。

「そなたから見て、そんなに生き生きとしていた仙蔵が心中などするはずはないのだな」

「そうなんです」

お邦は力強くうなずいた。

「仙蔵の御用への活力を勢いづかせたのはなんだろうな」

小次郎が問いかけると、

「十手御用のためにとっても大事なことを摑んだのだとしか……」

「すまぬが、よく考えてみてくれ。その言葉を発した前後の仙蔵の様子を思い出せば、何かわかるのではないか」

お邦を威圧しないよう小次郎は柔らかな表情で、頼み込むような口調で問いかけた。お邦も小次郎の期待に応えようと眉間に皺を刻んだ。唇を嚙み締め、口の中で何事か呟きを繰り返した後に語り始めた。

「うちの人が追いかけていた一件があるんです。ひょっとして、それに関係しているのかもしれません」

「それはどんな一件なのだ」

「永代橋の一件だって、言ってましたね」

お邦の言葉に小次郎は息を吞んだ。

八年前の永代橋崩落事故を追いかけていたのか。

「仙蔵は永代橋の事故に何か関係していたのか」

「事故のどさくさに紛れて悪事を働いた奴がいたって憤っていましたね。死人の懐から財布を盗んでいる奴がいたって」

「では、仙蔵はそうした者たちを追っていたのか」

問いかけながら木村屋木右衛門が思い出された。木右衛門に限らず、死人から財布や金目の物を奪う犬畜生にも劣る連中がいたのだ。たしかに戦国の世にあっては、合戦が終わった戦場は骸《むくろ》と化した将兵から銭や甲冑《かっちゅう》、刀剣などを奪う者たちで溢れていた。しかし、木村屋の辰蔵が憤ったように、単に死肉を貪《むさぼ》る獣だ。

「……どうでしょうね。いや、違うような気もしますね。そうした連中に腹を立ててはいましたが、うちの人が追いかけていたのは別のことかもしれません」

「近頃流布しておる、永代橋に細工をした者たちがおると……仙蔵は細工をした者たちを見つけたのか」

胸の高まりを抑えつつ小次郎は問い返した。

「さっきも言いましたように、家じゃ御用の話はしませんでしたので、間違っているかもしれませんが、そういえばすりとか言っていましたね」

考え考えお邦は答えた。

「すり……すりがどうしたのだ」

思わず声が大きくなってしまった。永代橋崩落にすりが関わっているのか。

お邦は気圧されたように仰け反った。

「よくわかりませんよ。ただ、すりをとっちめてやるって。それはもう、怖い顔をしました。その顔つきだけは覚えています。大変な事故の数年後でしたし、大勢の人が亡くなった永代橋で悪事を働くなんて卑劣な奴だってあたしも腹が立ちましたから」

「女すりと言っていなかったか」

しつこいのを承知で尚も問いかけた。

「さあ」

お邦は首を捻るばかりでそれ以上の話は引き出せなかった。

三

武蔵は仙蔵が摘発に協力した博徒、源次郎を訪ねた。源次郎は谷中、いろは茶屋で女房に茶店をやらせている。

茶店に入ると奥の縁台に源次郎はあぐらをかいていた。昼間から五合徳利の酒を湯吞みでぐびぐびと飲んでいる。脇には大福を載せた皿が置いてあった。

「おお、源次郎」

右手を挙げて武蔵は近づいた。源次郎は薄笑いを浮かべて湯吞みを縁台に置いた。

「これはこれは、南町のはみだし同心さんじゃござんせんか」

源次郎はからかうように声をかけた後、憮然とした表情になる。

「何の用だよ。おらぁ、博打からはきっぱりと足を洗ったんだぜ。いや、洗わされたんだ。あんただって知っているだろう。たかろうたって無理ってもんだ」

昨年、摘発された源次郎だったが手鎖《てぐさり》の刑と五十両の科料で済んだ。客の中には寺の坊主たちが大勢いて、彼らは金主にもなっていたため、町方は遠慮せざるをえなかった。賭場を解散し、子分たちとも縁を切って堅気になることを条件に手鎖と科料に処せられた。

「足を洗ったおかげで、昼日中から酒をかっくらっていられるんじゃないか」

向かいの縁台に武蔵がどっかと腰を下ろす。

「飲むかい」

源次郎は五合徳利を持ち上げた。

「やめとく」

かぶりを振り、武蔵は断った。それ以上は勧めることなく手酌で湯呑みに酒を注ぐと、源次郎は大福を頬張った。

「よく、大福で酒が飲めるな」

からかいではなく、武蔵は本気で疑問をぶつけた。

「好きで大福を肴にしているわけじゃねえさ。やることがなくってな、自棄《やけ》で大福を肴に酒を飲み始めたんだよ。でもな、これが、意外と合うんだ。あんたも試してみな」

源次郎は美味そうに大福にぱくついた。

「ぞっとしねえな」

肩をそびやかし武蔵は茶を飲んだ。

「で、どうした。まさか、おれがまたぞろ賭場を開帳しているって疑っているんじゃあるめえな」

険しい目つきで源次郎は武蔵を見た。

「そんなことじゃねえ」

「ふん、わかるもんか。おらぁな、あんたら南町の旦那たちには鼻薬を嗅がせていたんだぜ。おれんところの賭場はいわば南町の縄張りだったはずだ。暗黙の了解で南北町奉行所は利権を分けているからな。それを……仙蔵の奴……あんた、仙蔵が手入れに動くのを指を咥《くわ》えて見ていただろう」

　非難がましい源次郎の言葉を聞き流し、

「知っていりゃあ、おまえに知らせたさ。貴重な金蔓《かねづる》だったんだからな。それを捨てるようなことをするもんか」

　胸を張って武蔵は言い立てたが、町奉行所の同心として決して自慢できるものではない。

「そりゃそうだな。あんたの言う通りだろう」

「それでだ。お忙しい源次郎さんを訪ねて来たのはだな、おまえの賭場の用心棒、浪人者の淵田左門が殺された一件で聞きたいことがあってな」

「淵田さんか。腕のいい用心棒だったがな」

　懐かしむように源次郎は目をしばたたいた。

「どんな男だったんだ。いずこかの大名家の家来だったのか」

「根ほり葉ほり聞いたわけじゃねえが、直参の若党だったらしいぜ」

「旗本の家来か。なのに、どうして浪人してたんだ。主家でしくじったのか」

「だから、聞いてねえって……あ、いや、まてよ、そういやあ、淵田さん酔って嘆いてたことがあったな。なんでお守りできなかったんだって」

　嘆き、繰り返し悔いていたそうだ。

「お守りってことは淵田の主人ということだな」

「そうだろうぜ」

語っている内に源次郎の記憶が呼び起こされた。

「そうそう、淵田さんのお守りを形見に持っていたんだ」

源次郎の淵田に対する親しみが感じられた。源次郎は襟元を開き、首筋にぶらさげたお守りを取り出した。

お守りを見て、

「そういや淵田さん、永代橋が憎いって言っていたな」

と呟く源次郎の言葉に武蔵はおやっと思った。

「まさか、八年前の永代橋が落ちた一件を言ってるんじゃないだろうな」

「ああ、あれはひどかったな。うちの賭場の客にも事故に遭った者《もん》がいたぜ。幸い、怪我しただけで無事だったんだけどな」

言いながら源次郎はしげしげとお守りを見つめた。ふと武蔵は、

「ちょっと、貸してくれ」

と、源次郎からお守りを引《ひ》っ手繰《たく》った。

「おい、罰当たりな真似をするんじゃねえよ」

しかし、武蔵は聞く耳を持たず守り袋を開けた。中に畳んだ紙が入っていた。読売である。

武蔵は広げた。

それは永代橋で起きた旗本と町人の争いを書き記した読売であった。旗本の名前は記されていない。

五年前、文化七年（一八一〇）の八月、永代橋を渡っていた旗本が財布をすられたと年寄りの町人を捕まえた。しかし、自分はすっていないと老人は言い張った。

財布がなかったら、土下座するかと旗本に言い、その代わり財布が出てきたらお手打ちにしてもらってかまわないと、老人は啖呵《たんか》を切った。自然と彼らの周囲には野次馬が集まって来た。町人、しかもひ弱な老人に挑まれ、旗本は後に引けなくなり承知した。

老人は着物を脱いで下帯一つになりあぐらをかいた。しかし、財布はなかった。

野次馬が旗本に土下座をしろと囃《はや》し立てた。旗本は恥辱にまみれた。

野次馬の嘲笑の中、突如として旗本の家来が抜刀し老人の首を刎《は》ねた。野次馬たちが息を呑むような早業だったそうだ。家来は刀を横に一閃させ、納刀した時には老人の首は夜空に舞い上がり大川に落ちていた。読売ゆえ大袈裟《おおげさ》に書いているのかもしれないが、家来が相当な腕だったのは確かだろう。

家来は主人の名誉を守り、御家を離れて近くの自身番に出頭した。後日、老人が名うてのすり、韋駄天《いだてん》の重吉と分かり、家来は無礼討ちを認められてお咎めなしとなった。重吉は二つ名が示すように逃げ足が速いので知られていたが、永代橋の上は大勢の男女が行き交っていたため、旗本の財布をすり、別のすりに渡したのだと推察された。受け取った重吉のすり仲間の行方はわからない。

旗本の家来も家を去ったまま行方知れずとなった。

「この家来が淵田だろう」

武蔵の言葉に源次郎はうなずいて、「違いねえ」と呟いた。

「すると、淵田を殺したのは爺《じじい》すりの仲間かもしれねえな。仙蔵は淵田殺しを追っていた。下手人に心当たりがあったのかもしれないぞ」

武蔵は源次郎の考えを求めるように視線を向けた。

「そうかもな」

源次郎は短く答えるに留めた。

「仙蔵は淵田と懇意にしていたのか」

「ああ、仲は良かったぜ。仙蔵から近づいたんだ。賭場にやって来て、御苦労さまですって、寿司の折なんか差し入れていたぜ」

「それなら、仙蔵はどうして賭場を手入れなんかしたんだ」

「知らねえよ」

源次郎は言った。

「賭場に関係している奴が淵田を殺したと思ってたのかもしれないな」

武蔵は顎を掻いた。

「おい、待ってくれよ。淵田さんはうちの賭場の用心棒だったんだぞ。おれの手下が勝てる相手じゃないさ。あんただって賭場で因縁をつけてきた奴らをあっという間に追い払ったのを見ただろう」

源次郎は言った。

読売の記事に出てくる旗本の家来は相当な腕、老人の首を刎ねた斬撃《ざんげき》は居合の達人を思わせる。源次郎の賭場で目撃した淵田の剣捌《けんさば》きの鋭さと一致する。

「なるほどな、おまえの手下で淵田に挑むような無謀な男はいないってことか。しかし、待てよ、淵田はうなじを刺されたんだぞ」

武蔵は自分のうなじをさすった。

「だから、なんだよ」

めんどうくさくなったのか、源次郎の物言いがぞんざいになってきた。

「後ろからそっと近づいて刺せばいいだろう。あるいは、座っている後ろから狙うとかな。おまえの手下だって殺せるさ」

武蔵の指摘にも動ずることなく、

「淵田さんはな、そんなどじじゃねえよ」

源次郎は右手を左右に振った。

「隙を見せないと言いたいのか」

「そういうことだ」

「しかしな、いくら武芸者だって二六時中、気を張っていられるものじゃないぞ」

「そりゃそうだがな、おれの手下で淵田さんを嫌う者はいなかったさ」

「どうしてだ」

「あんたと正反対でな、そりゃ実に出来たお人だったんだ。親切で、優しくてな、弱い者の味方で、ほんと、いい人だったよ」

ありし日の淵田の記憶が蘇ったのか源次郎は声を詰まらせた。

「おれと正反対ってのは余計だが、淵田を憎んだり、嫌ったりする者はいなかったんだな。すると、やはり、おまえの賭場に関係する者じゃないってことだ。無礼討ちにした爺さんのすり仲間かもしれないってことか」

武蔵はまた顎を掻いた。

「あんた、どうして淵田さん殺しを蒸し返すんだ」

源次郎はいぶかしんだ。

「仙蔵がしゃかりきになって下手人を探していたっていうのが気になってな」

「金が絡んでいるんじゃないのか」

源次郎はにんまりと笑った。

「おれはな、銭金には淡泊なんだ」

「よく言うぜ」

腹を抱えて源次郎は笑った。

「ふん、笑ってろよ。おれだってな、同心の端くれだ。人殺しを野放しにはできない。それにな、北町の鼻を明かしたいって気にもなっているんだよ」

「なるほど、それならわかる」

源次郎は表情を引き締めた。

「何かわかったら知らせてくれ」

「あんたに義理はねえが、淵田さんの供養になるんだ、わかったよ」

源次郎が承知したのを受け、武蔵は腰を上げた。立ち去ろうとしてふと思い止まり、

「ああ、そうだ。おれもやってみるよ。大福を肴に酒というやつを」

と言い置き、右手を挙げて歩き出した。

四

小次郎と武蔵は但馬に聞き込みの報告をした。小次郎が聞き込んだ仙蔵の女房からの証言に反発するかと思いきや、

「なるほどな。仙蔵は確かに十手にかけては意地を持っていたようだ。それにあいつには野心があった。誰よりも大きな手柄を立てるんだってはやっていたからな」

武蔵は納得したように言った。

武蔵に賛意を表され意外な面持ちになりながらも、小次郎は言った。

「わたしは間違っておりました。仙蔵が追いかけていたという永代橋の一件、八年前の事故と決めてかかってしまった。大門殿の調べで浮かび上がった、淵田が関わった五年前の一件のようですな。仙蔵はひょっとするとその場に居合わせたのかもしれません。淵田に首を刎ねられた老人すりの仲間を見たとしたなら、女房お邦の話とも一致します。仙蔵は五年前永代橋で見逃してしまったすりを見つけたのではないでしょうか」

小次郎の推量に反対せずに武蔵は言った。

「いつものように、面白くもおかしくもない推量だが、まあそんなところだろう」

武蔵にしては誉め言葉であった。

小次郎は生真面目に、「恐縮です」と一礼した。但馬は吹き出しそうになった。


あくる日の昼下がり、お紺は永代橋の袂でお恵と会った。

「お紺ちゃん、五十両用意したからね」

お恵は左の中指を尺取り虫のように伸ばしたり曲げたりした。

「さすが、お恵婆さんだね」

技の衰えたお恵は、執念ですり取ったに違いない。

「相手は大店の商人かい」

「坊主だよ」

「どこの坊主だよ」

「知らないけど、大層ご立派な袈裟を着ていたからね。ま、それはいいとして、殺しの下手人を見つけておくれな。仙蔵に恨みを持つ奴は五万といるだろうから、見つけるのは大変だろうけどね」

お恵は薄笑いを浮かべた。

「でもね、ちょいと気になることがあるんだよ」

お紺は言った。

「何だい」

お恵が問い返した時、

「退《ど》いた、退いた！」

酒樽《さかだる》を積んだ大八車が往来を走って来た。危うく轢《ひ》かれそうになりお紺はお恵を庇《かば》って往来の隅に避けた。

「馬鹿、どこ見てんだよ」

お紺は砂塵《さじん》を舞わせ走り去る大八車に文句を投げた。

二人は近くの稲荷に場所を移した。

狭い境内には二人の他には誰もいない。

「気になることって何だい」

お恵は話題を戻した。

「お恵婆さんの師匠、重吉さんだけどさ、五年前に亡くなったんだよね。前日までぴんぴんしていたのにころっと逝っちまったってことだったけど、どんな病だったんだい」

「さて、あたしゃ、お医者じゃないからわからないよ。急に胸が苦しいって……慌てておお医者を呼んだけど間に合わなかったんだ。一寸先は闇だね」

お恵は言った。

確かに一寸先は闇だと返してからお紺は言った。

「五年前、永代橋で旗本の家来に首を刎ねられたすりの爺さんがいたそうだね」

「へ～え、そうだったかね」

お恵は顔をそむけた。

「おや、覚えていないはずはないと思うんだけどね。すりの間では知られたお人だったんだそうだよ。とにかく逃げ足が速いって。韋駄天の重吉って二つ名で通っていたそうだ」

お紺が続けるとお恵は小石を蹴飛ばして苦笑した。それでも、お恵は黙っている。お紺は着物の袖に手を入れ財布を引っ張り出した。豪華な螺鈿細工の男物だ。その上、町人が持つには豪華に過ぎる。お恵と蕎麦屋に入った時、帯から取り出そうとしていた時には気づかなかったが、手に取ってみると身分ある武家の持ち物のようだ。

お恵はにんまりした。

「大八車を避けた時だね。あたしもやきが回ったもんだ。あんたにすられるなんて思ってもいなかったよ。迂闊《うかつ》だったね。それにしても、あんた、いいすりになるよ、いや、もう凄腕のすりだ」

お紺はお恵に財布を返して確かめた。

「重吉さんがすった旗本の財布だね」

「そうさ。お師匠さんの最後の獲物だ。形見とお守りのつもりで持っているんだ。お師匠さんは旗本からすった財布をお墨に渡し、お墨からあたしが受け取ったんだ」

「そんで、重吉さんは斬られたんだね」

「そうさ。お師匠さんは、旗本小野寺清十郎の若党、淵田左門に首を刎ねられたんだ」

悔しそうにお恵は唇を嚙んだ。

次いで目を凝らし、お紺にまくしたてる。

「そりゃ、すりは悪いよ。お師匠さんは小野寺の財布をすったさ。でもね、お紺ちゃんならわかると思うけど、すられた奴も間抜けなのさ。そんな自分の間抜けさを棚に上げてさ、満座の中で恥をかかされたからって、家来にお師匠さんの命を奪わせるなんて許せるもんかね」

「淵田は小野寺の恥辱を晴らそうと自分からお師匠さんを斬ったんじゃないのかい」

「読売にはそんなふうに書いてあったけどさ、あたしゃ見たんだ。小野寺が淵田に目配せするのをね。自分の手を汚さずに家来にお師匠さんを始末させたんだ。ほんと、性根が腐っているよ」

「そうだったんだね。それにしても小野寺って男、卑劣な野郎だ。責任を淵田に全部なすりつけて」

お紺も小野寺への憤りを感じた。

「小野寺清十郎、許せないよ。小野寺の手先になっていた仙蔵の奴もね」

思いもかけないことをお恵は口にした。

「仙蔵が小野寺の手先ってどういうことよ」

お紺のその問いかけへの答えは後回しだと言ってからお恵は続けた。

「仙蔵はお墨を探し、見つけたんだよ」

「そもそも仙蔵はどうしてお墨さんを追いかけていたんだい。永代橋で重吉さんが小野寺の財布をすったのを目撃したからかい。そんでもって、十手持ちとしての矜持《きょうじ》でお墨さんを追いかけていたってことなのかね」

お紺の問いかけにお恵は渋面をつくって返した。

「あいつが十手御用に駆られたってだけで躍起になるもんか。あいつはね、淵田と懇意になったんだ。だから、淵田のためにお墨を追いかけた。運の悪いことに、お墨は仙蔵に見つかってしまったんだよ」

重吉が殺されたのは五年前の葉月《はづき》（陰暦八月）二十日、以後、お恵とお墨は祥月命日はもちろん月命日も永代橋で手を合わせていたそうだ。仙蔵に顔を覚えられていたお墨はそこで捕まった。

「仙蔵が淵田と懇意になったのはどうしたわけなんだい」

お紺は問いを重ねた。

「源次郎は淵田と組んで小野寺に取り入ったのさ」

「どういうことだい」

「賭場だよ。源次郎は淵田を通じて小野寺に取り入って、その屋敷で賭場を開くのを許してもらったんだ」

「北町に手入れされたからかい」

「あれは、わざと手入れさせたんじゃないかね」

「そうか、源次郎は南町じゃなく、しがらみのない北町に手入れさせて、博徒から足を洗ったと見せかけたんだ。実際には小野寺の屋敷で賭場を開かせてもらうためにね。その時、橋渡しをしたのが淵田左門か。汚い奴らだ」

「小野寺は過去にも賭場を開帳して儲けていたことがあるからね」

お恵は鼻を鳴らした。

「じゃあ、仙蔵とお墨さんを心中に見せかけて殺したのは……小野寺か源次郎かい」

「そうだろうね。仙蔵は知りすぎていたのさ。その口封じとお墨への恨みから殺したんだ。小野寺と源次郎なら家来や手下が沢山いるから、自分の手を汚さなくたってやれるさ」

納得のうなずきを返してからお紺は言った。

「淵田を殺したのはお恵婆さんだね」

「どうしてわかったんだい」

あっさりとお恵は認めた。

「淵田は凄腕だった。まともに対したら、やられてしまう。でも、お恵婆さんなら……わたしが初めて会った時みたいに、具合が悪くなったふりをして淵田を待ち構えた。優しい淵田に医者へ連れてゆくよう頼み、おぶってもらう……そして、淵田のうなじを匕首でぐさり」

お紺は匕首を振り下ろす真似をした。

「その通りだよ」

「でも、お恵婆さん、そこまで何もかもわかっているんなら、大門の旦那に仙蔵とお墨さんの心中を調べてもらう必要なんてないんじゃないの」

「小野寺と源次郎を成敗して欲しいんだよ。それにね、悪いけどあんたをつけたんだ。お紺ちゃん、柳橋の夕凪って船宿に出入りしているね。夕凪には近頃評判の御蔵入改があるだろう。お頭の荻生但馬さまって、凄腕らしいじゃないか。だからさ、荻生さまに頼んでおくれ。お師匠さんとお墨を成仏させてやっておくれよ」

お恵は両手を合わせた。

「わかったよ。乗りかかった船だし、あたしも、小野寺と源次郎を許せないからね」

快くお紺が引き受けると、お恵は安堵の表情を浮かべた。

境内に寒風が吹き込んできたが、お紺は頭がかっかとして頬が火照《ほて》った。

お紺から報告を受けた但馬は、小野寺清十郎との決着をつけてやろうと闘志をかき立てた。

それにしても小野寺、性懲《しょうこ》りもなく自邸で賭場を開帳するとは、愚かにも程がある。

いや、待て。

今度賭場に手入れをされたら重い罰が下される。切腹、御家断絶は免れまい。それを承知で賭場を開くとは大馬鹿などではなく、何か深い魂胆があり、摘発されないという自信があるのではないか。

松平定信が言っていた。

但馬失脚を狙った抜け荷騒動、小野寺は小物、大物の黒幕がいると。小野寺は黒幕を当てにするか、黒幕の意向で賭場を開いているのかもしれない。

それならそれでいい。

これを機に黒幕の化けの皮を剝《は》ぎ取ってやろうではないか。

窓を開け、但馬は三味線を弾き始めた。みぞれ混じりの身を切るような夜風が部屋に吹き込んでくる。

構わず、但馬は撥を動かす。

特定の曲目ではなく、即興の演奏だ。

音程は高まり激しさを帯びる。撥は目にも留まらず、三味線が嵐を招き寄せるかのようだ。その音色は、獣の咆哮《ほうこう》のように空気を震わせる。

但馬の額から汗が滴り落ちる。

「旦那……但馬の旦那」

ただならぬ様子にお藤が階段を上ってきた。

お藤の声は但馬の耳には届かない。

怒りの形相で撥を振り上げ、ひときわ強く三味線を鳴らした。

と、ぷっつりと弦が切れた。

憑《つ》き物が落ちたように但馬は三味線を置いた。肩で息をし、袖で額の汗を拭う。お藤が気遣わしげな顔で窓を閉めた。

第四話　白雪に去る

一

師走《しわす》（陰暦十二月）になり、暇な者でも忙しくしていないと白い目で見られそうな雰囲気になっている。

日に日に寒さが厳しくなり、空気が乾いているとあって、火の用心がうるさく言われる毎日だ。

そんな九日の昼下がり、緒方小次郎は神田明神《かんだみょうじん》下にある宇津木市蔵の道場へとやって来た。

宇津木道場の流派は直心影流《じきしんかげ》、市蔵は徒目付《かちめつけ》をしていたが、剣への情熱が勝り、十年前に道場を営むに及んだ。今年、四十五歳のはずだ。稽古をするつもりで道着の他、防具と竹刀《しない》を持参したのだが、あいにく道場は修繕中で休みだった。直心影流は開祖山田一風斎《やまだいっぷうさい》が防具と竹刀を導入した打ち込み稽古により、大勢の門人を得た。小次郎は併設されている母屋を訪れた。

妻の雅恵に迎えられ、居間に通された。狭いながら手入れされた庭に寒菊が咲いている。宇津木は居間で待っていた。

道場は休みだが、宇津木は紺の道着に身を包んでいた。面長で精悍《せいかん》な顔立ち、背筋がぴんと伸び、一角《ひとかど》の武芸者の威厳を漂わせている。寒空の下、黄色の花弁を揺らす寒菊を思わせもした。

小次郎は一礼して宇津木の前に端座した。

「ご無沙汰しておりました」

以前、稽古に訪れたのはいつだっただろうかと思案していると、

「もう、三年になるな」

宇津木の方から告げられた。

「敷居が高くなってしまいました」

言い訳じみた言葉を述べながら、小次郎は頭を下げた。

雅恵が茶を持って来た。

二十歳以上年下の女房、雅恵は、周囲の反対を押し切って宇津木に嫁いだ。雅恵は北町奉行所同心太田助次郎《おおたすけじろう》の妻であったのだ。雅恵に三行半《みくだりはん》を突きつけた太田だが、宇津木に妻を寝取られたとあって、噂好きの江戸っ子から、「寝取られ同心」とか、「寝取られの旦那」と蔑まれた。それでも、太田は世間の誹謗中傷に堪え、黙々と御用をこなした。

雅恵が宇津木に嫁いだ、いや、押しかけ女房となったのは三年前の夏だった。

そういえば、それ以来、小次郎の足が遠のいている。

「せっかく参ったのだ、一汗流すか」

宇津木に誘われ小次郎は、

「よろしくお願い致します」

と、快く応じた。

がらんとした道場で小次郎と宇津木は竹刀を構え対峙した。

面を通して見える宇津木の面差しは三年前と変わらない。平生と変わらぬ顔つきながら眼光は鋭く、小次郎の動きを寸分も見逃さない気迫に満ちている。

三間の間合いを詰め、小次郎は抜き胴を放った。

宇津木はさっと左に避けると同時に小次郎の籠手《こて》を狙う。

小次郎は正眼に構え直した。

宇津木は下段だ。

それはあたかも誘うがごとき構《かまえ》である。

急《せ》いてはならじと小次郎は宇津木の動きを見定めた。

静かな佇まいだ。

まるで大地に根を張った大木である。

小次郎は大木に向かって打ち込んだ。宇津木の身体がしなやかに動き、小次郎の横を走り抜けた。

と、次の瞬間、小次郎の胴を宇津木の竹刀が斬り払っていた。

うなじから心地よい汗が滴り落ちた。


「鍛錬、怠っておらぬな」

嬉しそうに宇津木は言った。

「いえ、完敗です」

素直に小次郎は負けを認めた。

「いやいや、多忙の合間を縫って剣の研鑽《けんさん》も積んでおること、一太刀、一太刀を受け、よくわかった。わしは嬉しいぞ」

柔らかな表情となり、今度は一献酌み交わさぬかと宇津木が誘ってきた。小次郎も望むところであった。


着替えを終え、母屋の居間で小次郎と宇津木は酒を酌み交わした。鉄瓶に酒を入れ、燗をつけてある。肴は味噌、煎《い》り豆、風呂吹き大根であった。

最初の一杯は酌をし合って、二杯目からは手酌で続けた。

「緒方、忙しいのであろう」

宇津木に聞かれ小次郎は小さく溜息を吐いて答えた。

「実は定町廻りを外されました」

商人から賂を受け取る慣習を改めるべきだと主張し、煙たがられ、定町廻りを外されたと正直に打ち明けた。

「緒方らしいのう」

宇津木は嬉しそうに微笑んだ。らしいとは小次郎の誠実さと頑固さ、融通の利かなさを言っているのだと小次郎本人にもわかる。

「暇になったのに、道場からは足が遠のいてしまいましたが、実は、新しいお役目に就いております」

「それは……」

「御蔵入改と申しまして、町奉行所の例繰方で御蔵入した一件や南北町奉行所が扱わない一件を探索しております」

「おお、そのような役所が新設されたとは門人から耳に致した。そうか、緒方も加わっておるのか」

「役所と申しましても、頭取以下五名、柳橋の船宿の二階を間借りしておるにすぎませぬ」

「頭取はどなたじゃ」

「長崎奉行を務められた荻生但馬さまです」

小次郎が答えると宇津木の目がしばたたかれた。

「ご存じですか」

「短い間であったが、荻生さまの下で徒目付のお役目を遂行したことがある。実にできるお方であった。わしが徒目付を辞める際、あの方に挨拶したところ温かい言葉をかけられたものだ。それから何年かして長崎奉行になられたと聞いたが……」

語尾が曖昧に濁ったのは、但馬が長崎奉行を解任された事情に言及するのを躊躇っているからだろう。

「荻生さまの下でなら、思う様、腕を発揮できような」

「好き勝手やらせて頂いております」

小次郎は軽く頭を下げた。

「いや、安堵した」

宇津木は真顔で言った。

安堵の裏の懸念には、小次郎の妻和代の死に対するものが含まれているに違いない。

「緒方のことゆえ、好き勝手と申しても懸命に働いているのであろうがな」

「いや、まこと、わたしの調子で無理せずに働いております」

小次郎らしい実直な物言いで返した。

宇津木はそれを否定せずに言った。

「それは感じた。そなたの剣、どこか肩の力が抜けておった。太刀筋の鋭さは以前にも増したが、構に余裕が感じられる。おそらくは、御蔵入改の水が合っているのだろう」

「水が合う……」

「そうじゃ。お役目の同僚たちと気が合うのではないか」

大門武蔵の顔が浮かんだ。

苦笑が漏れる。

まるで水と油である。武蔵こそが好き勝手やっている。あの男に惑わされず仕事をしているつもりなのだが、心の片隅では常に意識している。

「緒方、よかったな」

武蔵の存在を知らない宇津木を不安にさせるのは気が引け、小次郎は否定しなかった。

「これで、高かった敷居が多少は低くなりました。これからは、折を見て稽古に参りたいと存じます」

「そういうところは生真面目なままだな。無理せずともよい。気が向いたら、やって参れ」

にこやかに宇津木は言ってくれた。

そう言われると申し訳なさが募ってしまう。

「さあ、飲もう」

宇津木は機嫌よく酒を飲んだ。

小次郎もいつもよりも沢山飲んでしまった。

「いやあ、いささか過ごしてしまいました」

自分でも呂律《ろれつ》が怪しくなっているのがわかる。

腰を上げ、居間を出た。雅恵が玄関まで送ってきた。

「本日はわざわざお越しくださり、ありがとうございました」

雅恵は丁寧に礼を述べた。

「雅恵殿が声をかけてくださったので、来られました。こちらこそ、感謝申し上げます」

雅恵の眉間に影が差した。

「あの日、里に帰ったのです。父の一周忌には顔を出しませんでしたので、せめて仏前に線香でも手向けようと思ったのですが……」

その先は聞かなくても想像ができた。

婚家を裏切り男に奔《はし》った娘を実家は拒んだのであろう。

小次郎はそのことには触れず、

「また、参ります」

と、一礼した。

「是非……主人も喜びます。実のところ、主人の笑顔を見たのは久しぶりなのです」

思い詰めたように雅恵は言った。

「ほう……」

「このところ、門人方も減ってしまって」

事情を語ろうとした雅恵を宇津木が呼んだ。酒の催促である。小次郎はそのまま黙って帰った。

二

武蔵は谷中、いろは茶屋にある源次郎の茶店を訪れていた。

源次郎は店の裏手に設けられた母屋にいた。母屋の玄関に入ると香ばしい味噌の匂いがした。武蔵が廊下を進み居間に入ると、源次郎は猪鍋《しし》を食べていた。子分と思しき男が菜箸で猪の肉や葱を鍋に入れ、煮上がった肉と葱を取皿に取った。

すると、

「馬鹿野郎、肉だけだって言っただろう」

源次郎が怒鳴り、子分は謝って葱を鍋に戻した。

「山鯨《やまくじら》か、いいな」

鍋を挟んで向かいに武蔵はどっかと座り、箸と取皿を要求した。

「まったく、厚かましいご仁だな」

源次郎は渋面になった。

「誉めてくれてありがとよ」

悪びれることなく武蔵は箸と取皿を子分に催促した。源次郎が了解したため、子分は箸と取皿を用意した。子分が武蔵の分も取皿に取ろうとしたのを断り、

「猪か、たまには精をつけなきゃな」

自分の箸で猪の肉を挟み碗に入れる。

「おいおい、肉は貴重なんだからな、葱も食えよ」

自分のことを棚に上げて源次郎が渋ると、

「せこいことを言うなよ」

武蔵は肩を揺すって笑った。源次郎は舌打ちして猪の肉を口に放り込む。

「おまえ、賭場をやめたのに子分を抱えているのか」

武蔵は問いかけた。

「食いっぱぐれている連中をな、はいさようならってわけにはいかねえんだよ」

「義侠心《ぎきょうしん》か」

「ああ、こう見えて、おれは案外人情深いんだぜ」

源次郎は抜け抜けと言う。

「なるほど、さすが大親分さんだ。で、どうやって食わせてるんだ」

武蔵の問いかけに源次郎の箸が止まった。

「なあ、どうやって食わしているんだよ」

問いを重ねる。

源次郎は薄笑いを浮かべる。

「ふん、あんた、おれがまたぞろ賭場を開いているだなんて勘ぐっているんじゃないだろうな」

「開いているのか」

武蔵は顔を突き出した。

「開いているわけがないだろう」

源次郎はかぶりを振った。

「なら、どうやって食わしているんだ」

「そりゃ、色々だ。縄張りの夜回りとかな」

「みかじめ料か」

ずばり武蔵は言った。

「ま、そんなところだよ」

「このところ、上野や浅草界隈の博徒ども、賭場を閉じているな」

「あんたや他の八丁堀の旦那方は、お目こぼしの礼金が入らなくて困っているのか」

「ああ、ぼやいているさ」

「そりゃ、自業自得ってもんだぜ」

源次郎は鼻で笑った。

「小野寺屋敷のことか」

「とんだどじを踏んだもんだぜ」

源次郎がくさしたように、南北町奉行所は大失態を演じた。

師走一日の夜半、幕府目付立ち会いで南北町奉行所合同の捕物出役が行われた。捕方は谷中にある小野寺清十郎の屋敷で賭場が開帳されているとの情報を得て、摘発に動いたのだ。小者《こもの》、中間《ちゅうげん》を含め総勢百人の捕方は、七十人が屋敷に踏み込み、残りの三十人で屋敷周辺を固めていた。

ところが、小野寺屋敷内では賭場は開帳されておらず、歌会が催されていたのだ。目付と南北町奉行は小野寺に詫びを入れた。

今回の捕物出役の計画には、ごく限られた者しか関わらなかった。老中松平信明《のぶあきら》と目付一人、南北町奉行だけで極秘裏に摘発の準備に当たったった。捕物出役当日になって南北町奉行は年番与力に指令を下し、与力たちは捕方を集めたものの摘発先は伝えず、谷中感応《かんのう》寺《じ》の山門に集結するとだけ伝えて出役した。

従って、小野寺に摘発の情報が漏れたとは考えにくい。しかも、捕物の四半時前、小野寺屋敷を張り込んでいた南北町奉行所の隠密《おんみつ》同心が、屋敷内に大勢の町人、武士、僧侶が入ったのを目撃していた。

下調べも万端に整えた上での摘発であったのが空振りに終わったのだ。屋敷内にいたのは小野寺の家族と家来、歌会に参加した出入り商人と小野寺家の菩提寺《ぼだいじ》の僧侶が数名だった。

隠密同心が確かめたはずの賭場の客は忽然《こつぜん》と姿を消していた。賭場開帳の濡れ衣を着せられたと小野寺への同情が幕閣の間で広がり、南北町奉行所の失態を読売が面白おかしく書き立てている。

こうした中、小野寺と南北町奉行所に思わぬ吉報がもたらされた。来年の春、小野寺の長崎奉行就任が内定したのだ。これで、小野寺に対する町奉行所の後ろめたさが半減した。

また、失態とはいえ今回の大規模な賭場摘発に恐れをなした上野から浅草にかけての博徒たちが、賭場を閉じ堅気になると南北町奉行所に届け出たのだった。

賭場の自主的解散は奉行所には朗報なのだが、武蔵たち同心にとっては小遣い稼ぎが減り、実際のところありがた迷惑であった。

源次郎に痛いところを突かれた武蔵は、猪の肉を食べて返事を誤魔化した。口を閉ざした武蔵に追い打ちをかけるように源次郎は問いかけを続けた。

「あんた、淵田さん殺しの下手人は挙げたのかい」

「まだ、挙げられないよ」

武蔵は箸を置いた。

「なんだ、でかいことを言ってたのに、だらしねえじゃねえか。南町のはぐれ同心も大したこたあねえな」

ここぞとばかりに源次郎は武蔵を責め立てる。

「言ってくれるじゃないか。下手人は挙げていないがな、調べている内に妙なことを耳にしたぜ」

思わせぶりに武蔵はにんまりした。

「なんだよ」

源次郎は睨み返した。

「淵田左門は旗本小野寺清十郎の下を去ってからも、小野寺の屋敷に出入りしていたってな」

「へ〜え、そうかい」

「おまえ、知ってたんだろう」

「知らないよ。別に淵田さんを見張っていたわけじゃねえからな」

源次郎は子分に酒のお代わりを命じた。

「今回に限らず、以前にも小野寺清十郎は賭場を開帳していたことがあったな」

武蔵は構わず続けた。

「おいおい、今回ってな、小野寺さまの御屋敷で賭場は開かれていなかったじゃねえか。あんたらのどじなんだから、小野寺さまに濡れ衣を着せちゃあいけねえよ。以前に賭場を開いていなさったかどうかは知らねえな」

「惚《とぼ》けるなよ」

「惚けちゃいねえよ」

「知らないわけないだろう。小野寺の屋敷は谷中じゃないか。間にでっかい寺があるといったって、賭場について耳にしていないわけはないだろう」

「小野寺さまの賭場とおれの賭場じゃ客筋が違うよ」

ぽろっと口に出してから、源次郎はしまったというように苦い顔をした。

「やっぱり知っていたんじゃないか……ま、それはいい。知っていて当たり前だ。なるほど客が違うか。あっちは旗本屋敷だもんな。動く金も桁が違うだろうよ」

「小野寺さまもそれがばれて、御役御免になったんだから、高くついたことになるがな」

源次郎は薄笑いを浮かべ、ひときわ大きな肉片に箸を伸ばした。

が、

「ほんと、高くついたもんだな」

武蔵は素早く箸で肉片をさらった。源次郎は舌打ちした。

「あんた、嫌われるはずだな」

源次郎に言われ、

「ああ、いかにもおれは嫌われ者だ。でもな、世の中の鼻つまみ者のやくざ者《もん》に言われたくはねえぜ」

美味そうに肉を食べながら武蔵は返した。

「あんた、長生きできねえぞ」

「お互いな」

気にせず武蔵は猪の肉を次々と取皿に取った。

「おらぁ、太く短く生きるんだ」

源次郎は胸を張る。

武蔵は取皿と箸を置き、ふと源次郎を見た。

「何だよ、気に障《さわ》るようなこと言ったか」

「いや、そうじゃない。おまえの賭場の金主だった生臭坊主だよ。何て言ったかな。銭勘定に長けた坊主……」

「ああ、観祥寺《かんしょうじ》の執当職《しっとう》で、玄道《げんどう》さまだな。それがどうした」

観祥寺は谷中八幡神社を管理する別当寺《べっとうじ》で住職の妙法《みょうほう》は出雲《いずも》国安来《やすぎ》藩五万石の藩主北《きた》村讃岐守元昌《むらさぬきのかみもとまさ》の末弟だった。昨年の春、北村が寺社奉行に就任するに及び、観祥寺は同じ谷中の感応寺に肩を並べる寺院になっている。

観祥寺の勢いが増したのは兄の七光に加え、寺の勘定方を切り盛りする玄道の働きに負うとは専らの評判である。玄道は境内の一部を開放し、茶屋、料理屋、見世物小屋、岡場所を誘致した。売り上げに応じて寺銭を徴収し、得た収入で金貸しをやっているという。源次郎の賭場も玄道が金主となっていたのである。

「玄道は北町に摘発されたのか」

「されるわけねえやな」

即答し、源次郎はかぶりを振った。

北町が源次郎の賭場に踏み込んだ時に居合わせたのなら捕縛され然るべき処罰をされようが、いなかったので、捕縛されず罪に問われなかった。また、住職妙法が兄の寺社奉行北村讃岐守に追及の手が及ばないよう工作していたとも想像できる。

「おれたちはな、蜥蜴《とかげ》の尻尾《しっぽ》だよ」

自分の首を源次郎は手刀で切る真似をした。

「玄道ってのは、要領のいいずる賢い野郎なんだな」

武蔵の言葉にうなずきながらも、源次郎は意外な玄道評を展開した。

「玄道さまはな、時折、托鉢《たくはつ》をなさるんだ。托鉢して民の暮らしを見ていらっしゃる。あの方はな、八年前、永代橋が落っこちた時、命拾いなさった。上州《じょうしゅう》から江戸に出て来なさった時に巻き込まれたんだな。そんで、自分はそん時死んだんだって思いなさって、民のために自分の命を役立てようと思ってなさるんだよ」

「上州から出て来たっていうと……」

「兄貴は上州の村の寺の住職なんだ。玄道さまは学業優秀だったそうだ。観祥寺の妙法さまは玄正《げんしょう》さま……玄道さまの兄貴だが、玄正さまとは都の知恩院《ちおんいん》で共に修行した仲でな、そんな縁で玄道さまが執当職に招かれたんだ。妙法さまのご期待以上のお働きをなさっているってことだな」

「そんな優れた坊主が、おまえのようなやくざ者とよくつき合っているな。いくら金のためとはいえ」

ここで源次郎は下卑た笑いをこぼした。

武蔵が目でどうしたと聞く。

「女がお好きなんだ。で、ずいぶんと世話させてもらったよ。でも、遊び女《め》では満足なさらず、托鉢中に気に入った女を寺に連れ帰るんだ。観祥寺の中にな、塔頭《たっちゅう》の観王院《かんおういん》があって、玄道さまはそこにお住まいだ」

「観王院に女を連れ込むんだな」

「まあ、そういうこった。でな、女の物色だけじゃねえ。玄道さまには妙なお楽しみがある。托鉢僧のみすぼらしい格好で料理屋、骨董屋を訪ね、邪険な扱いをされたところで大金を突き付ける……相手の驚く顔を見て面白がるんだ」

源次郎は声を上げて笑った。

なるほど、玄道は妙な男だと思いつつ、不意に武蔵は問いかけた。

「おまえ、ちゃっかり小野寺の屋敷で賭場を開帳しているんじゃないのか」

「だから、小野寺さまは濡れ衣だったじゃねえか。あんたら、どじを踏んだのを忘れるなってんだ」

動ぜず源次郎は大きな声で答えた。

「……ま、いいだろう。ごちになったな」

武蔵は立ち上がり、また来ると声をかけた。

「ふん、歓迎しねえぞ」

源次郎は憎まれ口を叩いた。

三

その頃、夕凪の二階では但馬がお藤に膝枕をされていた。

「旦那、こないだは怖かったですよ」

お藤は但馬の耳掃除をしながら語りかけた。

「すまぬな」

但馬はあくびを漏らした。

「虫の居所が悪かったのですか」

「そんなところだ」

「気は収まりましたか」

「いや、益々、怒っておるな」

「でも、ずいぶんと機嫌がよくなられましたよ」

「怒り過ぎたんだ」

但馬は声を放って笑った。

「今は心穏やかにお過ごしのご様子で安堵しました」

お藤が言うと但馬は身を起こした。

半時後、二階に御蔵入改の面々が集まった。

すりのお恵の話では、用心棒だった淵田左門に橋渡しされて、源次郎は小野寺清十郎の屋敷で賭場を開帳しているはずだった。ところが、南北町奉行所の大規模な捕物出役による摘発は大失敗に終わった。この摘発には但馬も御蔵入改も関わっていない。

小野寺屋敷で賭場が開帳されているらしいとの噂は幕閣にも届いており、一度ならず二度までもとは許せぬ、厳罰に処すべしとの声が高まって、老中松平信明が摘発に動いたのである。

小野寺を狙っていた御蔵入改にすれば出鼻を挫《くじ》かれたも同然だ。

摘発失敗から八日が過ぎようとしているのに、まだ沈滞した空気が流れている。

但馬が話を始める前に武蔵が口火を切った。

「源次郎の奴、まだ子分たちを飼ってやがる。賭場を開いているに違いないぞ。と言っても、てめえでまた賭場を開帳したら、北町が黙っていないだろう。面目を潰されたことになるからな。だが、小野寺の屋敷だったら、町方は踏み込めない。以前淵田に橋渡ししてもらった小野寺の屋敷で賭場を開帳しているんだろうぜ。小野寺は摘発を免れたからな。源次郎にしても小野寺にしても、もう安全だとみなしているさ。源次郎の奴、余裕たっぷりでいやがった」

源次郎を訪ねた時のことを詳しく話す。

「懲りない野郎でげすね」

喜多八が憤りを示した。

「乗り込むか」

武蔵は胸を張った。

「やるでげすよ」

一人、喜多八だけが応じた。

お紺は立膝をつき、表情を消している。武蔵は小次郎に視線を向けた。小次郎は武蔵を見ることなく、

「わたしは、下調べをした方がよいかと存じます。先だっての手入れをかわしたことで、もう町方の手が入らないから安心だと思っている反面、小野寺さまは警戒も厳重にしてお

られることでしょう。来春に長崎奉行就任が内定しておられるからには尚のこと、尻尾は出さぬように構えておられましょう」

と、普段通りの慎重な姿勢を見せた。

武蔵が怒るかと思いきや、

「踏み込んだはいいが賭場を開帳してなかったら、今度は赤っ恥どころじゃ済まないからな。だから、小野寺の屋敷で賭場が開帳される日を探らなければならん」

小次郎の考えを受け入れたものだから、喜多八はおやっと思った。

「武蔵の旦那、やけに慎重でげすね」

「馬鹿、当たり前のことを言っているだけだ」

憮然と武蔵は返す。

「よし、ひとまず様子見だ」

但馬が決した。

小次郎が、

「わたしが探りにまいりましょう」

と、申し出た。

「おいおい、緒方さんよ、探るって、あんたどうする気だ」

顔をしかめて武蔵が問いかけた。

「小野寺さまの屋敷に張り込みます」

「それならおれがやる」

「大門殿は源次郎に顔を知られておるではござらぬか」

小次郎の反論に武蔵は一瞬言い淀《よど》んだが、じきに立ち直って言い返した。

「闇雲に張り込んだところで仕方がねえぞ。二六時中、見張るのか。表門だけじゃない。裏門だってある。賭場の客用に秘密の出入口があるのかもしれない」

「それは確かに」

小次郎は口籠った。

武蔵が得意げに言った。

「源次郎の金主を当たるんだよ」

「金主とは……」

小次郎が首を傾げると、

「谷中観祥寺の執当職、観王院玄道という坊主だ」

武蔵が言うと、

「その坊主、北町の摘発を逃れておりましたな」

思い出したように小次郎はうなずいた。

「そうだ。玄道の奴、中々の切れ者らしい。観祥寺の住職妙法の右腕だ。妙法は寺社奉行北村讃岐守の実弟なんだ。玄道は銭勘定に長けていやがる。それで、賭場には金を出してやり、境内に見世物小屋や茶屋、料理屋、岡場所を誘致して寺銭を取っているわけだ」

武蔵は言った。

「とんだ、生臭坊主でげすよ」

喜多八が言う。

「その玄道、小野寺の賭場とも繋がっているんじゃないかと思うぞ」

武蔵の考えを引き取り、

「なるほど、北村讃岐守か」

感慨深そうに但馬が呟いた。

「おや、お頭、どうしたんでげす」

喜多八が問いかける。

「ちょっとな」

但馬は曖昧に言った。

「玄道を探ればよいのですな」

小次郎が確かめると、

「そうだが、玄道を調べるのは女の方がいいんだ。玄道の奴、無類の女好きでな。源次郎に岡場所の女を世話させているそうだ」

武蔵はお紺を見た。

「わかったよ。あたしが探るよ」

お紺はさらりと洗い髪をかき上げた。

武蔵は改めてしげしげとお紺を見る。

「ちょいと、嫌らしい目で見ないでよ」

お紺は唇を尖らせ武蔵を見返した。

「玄道はもっと嫌らしい目をしているだろうぜ」

と、武蔵は下卑た笑いを見せた。

「お紺姐さんでしたら、すけべ坊主はよだれを垂らしますよ。なんたって、小股《こまた》の切れ上がったいい女ってのは、お紺姐さんのためにある言葉なんでげすからね」

喜多八が持ち上げると、

「あんたによいしょされても仕方がないけどね」

くすりとお紺は笑った。

「玄道に近づき、調べるにしても、いかにすればよろしかろうな」

慎重な小次郎らしい問いかけをした。

すかさず喜多八が返す。

「観王院に出向けばいいんじゃござんせんか」

「いきなり行っても受け入れられるかどうか」

小次郎の危惧を、

「とっととやってみればよかろう」

武蔵が打ち消した。

「闇雲ですな」

小次郎は揶揄《やゆ》する。

「なんだと」

武蔵がいきり立つ。

「まあ、まあ」

喜多八が間に入った。

お紺は我関せずと洗い髪を指で弄んだ。

武蔵は気を落ち着けて言った。

「玄道にはな、一つ変わった趣味があるんだ」

小次郎は黙って話の続きを促す。

「托鉢僧の格好で市中を回るんだ。好みの女を物色するためなんだが、それだけじゃない。托鉢僧のみすぼらしい形《なり》で料理屋や骨董屋に入る。すると、ぞんざいな扱いを受ける。そこですかさず、懐中から大金を出して店の者を驚かせるって寸法だ」

「そいつは変わってますね……ていうか悪趣味でげすよ」

喜多八が応じると、

「ほんと、悪趣味だね。根性がねじくれているよ」

お紺は肩をすくめた。

「そういう奴なんだ」

武蔵も冷笑を浮かべた。

「なら、考えがあるよ」

お紺はにんまり笑った。


十二日の昼、お紺は観王院から出て来た玄道の後をつけた。

なるほど、武蔵が言うように玄道は薄汚れた墨染の衣を身に着け、饅頭笠《まんじゅうがさ》を被り、頭《ず》陀袋《だぶくろ》を首から下げて金剛杖《こんごうづえ》を手にする、托鉢僧の格好をしている。

托鉢僧となった玄道は谷中感応寺の門前町、すなわちいろは茶屋を歩いた。心なしか足取りが軽い。よほど、このお忍びが楽しいのだろう。

お紺は間合いを取りながら玄道を追った。

師走とあって、気ぜわし気に行き交う者たちをすり抜けるようにして玄道は進む。そして、街並みの一角に立ち、托鉢を始めた。お紺は遠目に見ていた。玄道は経を唱えながら木椀を往来に置いた。

どんよりとした曇り空である。

寒風が吹きすさび、砂塵《さじん》が舞う。それでも、玄道は朗々とした声音で読経を続け、時折金剛杖で地べたを突いた。

玄道の前を人々が忙しそうに通り過ぎてゆく。白い息が風で消え、「寒い」とか、「冷える」などというぼやきが聞こえた。何人かが立ち止まって木椀に銭を入れていった。そのたびに玄道は経を唱えたままこくりと頭を下げた。

何人かの施しを受けながら托鉢すること一時余り、やがて玄道は托鉢を終え、広小路の雑踏を縫うように歩いてゆく。お紺は後ろから駆け寄り、ぶつかるや、

「御免なさい」

詫びを言い、素早く玄道から遠ざかった。

玄道は気にすることなく表通りに面した骨董屋に至った。店先で骨董品を物色し始める。値が張りそうな青磁《せいじ》の壺を買い求めようとする。主人と思しき男は玄道の形《なり》を見て、相手にしない。

そこで玄道は袖に手を入れ大きな声を出した。

「金ならある」

「百両でございますよ」

小馬鹿にしたように主人は薄笑いを浮かべた。

「百両くらい……」

袖を探った玄道は財布がないことに気づいた。

「どうしましたか」

主人に言われ、

「財布を落とした」

苦々し気に言い残し、玄道は店を離れた。お紺は玄道を追いかけて背後から声をかけた。

「もし、財布を落としませんでしたか」

玄道が振り返った。

四

「これはすまぬな」

玄道はしげしげとお紺を見た。その頬が綻ぶ。

「くれぐれもご用心くださいな」

お紺はくるりと背中を向けた。

「待て」

玄道はお紺に声をかける。お紺は振り返ると洗い髪を手でかき上げた。玄道の目が輝きを帯びた。

「礼をしたいのじゃが……」

「お気遣いなく。当たり前のことをしただけですからね」

お紺はやんわりと断った。

「それでは、拙僧の気がすまぬ。どうか、拙僧に礼をさせてくれ。金子が嫌なら、どうじゃ、美味いものでも」

返事を確かめる前に玄道は歩き出した。

お紺は仕方なくといった風についていった。

玄道が入ったのは意外にも茶店であった。

お紺は知る由もないが源次郎の店である。

「ここの汁粉は美味でな」

玄道は嬉しそうに言った。縁台に並んで腰を下ろし、

「甘いものは好きか」

玄道の問いかけに、

「甘いものが嫌いな女はおりませんわ」

お紺が答えると、玄道は汁粉を四つ頼んだ。二つも食べられないとお紺が戸惑っていると、

「拙僧がな、三つ食べるのだ」

けろりと玄道は言った。

「和尚《おしょう》さま、よほどお汁粉がお好きなのですね」

お紺は驚いた。

「甘いものには目がないのだ」

答えたところへ汁粉が運ばれてきた。湯気の立つ汁粉を見ただけで玄道の頬が綻んだ。

玄道は夢中になって汁粉を食べ始めた。お紺も食べる。

小豆《あずき》は甘すぎず、少し焦げた餅《もち》はふわっとしている。これなら胸焼けはしないだろう。

「美味しい」

お紺は思わず呟いた。くどい甘味ではなく、味わいが深い。玄道はあっという間に三つの汁粉を平らげた。それでもまだ物足りなそうな顔で茶を飲む。

「本当にお好きなのですね」

お紺が問いかけると、

「拙僧はな、子供の頃、それはもう貧しかったのだ」

玄道は遠くを見る目をした。

お紺が、

「あたしも貧しかったですけど」

と返すと、玄道はとにかく食べる物もなく育った身としては甘いものが憧れであったと熱を込めて語った。

「どうじゃ、そなた、これで、満足してはおるまい」

玄道が問うと、

「もう十分でございますよ」

お紺は答えた。

「構わぬ。遠慮するな。欲しいものを買い与えようぞ」

玄道の目つきが怪しくなった。

「こんな美味しいお汁粉を食べられただけで十分ですよ」

「欲のないことを」

玄道はにんまりした。

そのとき突然お紺の目の前が暗くなった。意識が薄れてゆく。


お紺の目が覚めた。

広い座敷である。どうやら、玄道に連れてこられたようだ。

汁粉に眠り薬を入れられたに違いない。玄道は気に入った女を甘味で誘い、眠り薬入りの汁粉を与え、このように拉致するのだろう。

お紺はこれでよしと思った。

忍び込む手間が省けたというものだ。やがて廊下を歩く足音が近づいてきた。お紺は立膝をついて座った。

襖《ふすま》が開いた。

玄道が入って来た。先ほどとは違い、錦の袈裟を身に着け、高僧の威厳を漂わせている。

「和尚さま、騙したわね」

お紺は玄道を睨んだ。

「気の強い女よな。その方が拙僧好みであるぞ。それに騙したのはそなたもであろう。拙僧の財布をすったな」

玄道はにんまりした。

「それにしても、汚いね。お汁粉に眠り薬だなんて。女の弱いところを利用するのも卑怯だよ。それでよく御仏の道を説けるものだわね」

お紺は声を高めた。

「どうとでも言えばよい。じきに拙僧に感謝するようになる。ここにおれば、欲しい物が何でも手にはいる。きれいな着物、小間物、美味いもの……どうじゃ。ここはな、極楽浄土なのじゃ」

玄道は夢見心地であった。

本気なのだろう。

玄道はここを本気で極楽にしようとしているのだ。

「どうして……どうして、そんなことを考えるんだい」

問いかけると、玄道は視線をお紺に戻して言った。

「拙僧はな、この世の底辺でもがいている者たちを見てきた。いつしか、そういう者たちを御仏の力で救いたいと願ってきたのじゃ」

「御仏の力って、要するに金の力じゃないか。何して儲けているんだい」

「金を蔑んではならぬ。古《いにしえ》の世、南都に都がありし頃、疫病が蔓延《まんえん》し聖武《しょうむ》帝は大仏を造営し民を救われた。大仏は黄金色に輝いておった。民はそのお姿に深い慈しみや神々しさを感じ、ありがたがったものじゃ」

法話を語るが如く玄道の物言いは穏やかなものになった。

そこへ、廊下を歩く足音が近づいてきた。

玄道は立ち上がった。雪見障子が開けられた。立派な身形《みなり》の武士が立っている。

「これは、御前さま。申してくだされば、こちらから出向きましたものを」

玄道は辞を低くして述べた。

「この女か」

言うや武士はお紺の前に屈み、しげしげと顔を覗き込んできた。お紺はそっぽを向く。

武士は、お紺の顎を手で持ち、顔を正面に向けさせた。

丸い顔、薄い眉、糸のように細い目、団子鼻、分厚い唇、たるんだ顎、突き出た腹。見かけのすべてが醜悪なことこの上ない。

武士はお紺の顎から手を離し、立ち上がり玄道に向いた。

「何者じゃ。見たところ堅気ではないようじゃ。洗い髪の様子では水茶屋の娘か」

「名はお紺と申します。水茶屋の娘ではないと思います。おそらくはすりですな。実際、拙僧はすられましてございます」

「すり……」

興味が湧いたのか武士はお紺を好奇の目で見下ろした。

「人の素性を確かめるなら自分も名乗ったらどうだい。大層ご立派な身形をしておいでだけど。そんな礼儀も身に付けておられないのかい」

「これは気の強い女じゃな。気に入った。わしはな、直参旗本小野寺清十郎じゃ。目下小普請組じゃが、来春には長崎奉行になるぞ」

こいつが小野寺か、なるほど卑怯で狡猾《こうかつ》そうだ。但馬を陥れようとした一味の手先だ。

「へ～え、長崎奉行にね。あたしはね、一年前まで長崎にいたんだよ」

「ほう、そうか。ならば、わしの長崎入りの際に供に加えてやろう」

居丈高に恩着せがましく小野寺は言った。

「長崎には戻らない」

「何か粗相をしでかしたか。すりで捕まったのだな。それなら、案ずるには及ばぬぞ」

鷹揚《おうよう》に小野寺は言った。

冗談じゃない、と、内心でお紺は舌をぺろりと出した。

「御前、花会の準備、着々と進めております」

「江戸有数の博徒どもが集うとなれば、さぞや金が落ちるであろうな」

小野寺は下卑た笑いを放った。たるんだ顎の肉と出っ張った腹が醜く揺れる。

「御前の長崎奉行就任祝いにございます」

「うむ、気遣いに感謝致すぞ。むろん、わしが長崎におる間も屋敷を使って差し支えはない」

「ありがたいことでござります」

「それと、長崎へ同道致す女どもを選ばねばな」

嬉しそうに小野寺は笑みを浮かべた。細い目が糸のようになる。立ち上がりかけてお紺に目を留め、

「この女は気に入った。長崎におったというのも何かの縁だ。後で屋敷に寄越せ」

と、命じて座敷から出ていった。

小野寺がいなくなってから、

「盛大に催すって、何をやるのさ」

「宴じゃ」

玄道は言った。

「惚けなくたっていいさ。賭場を開帳するんだろう」

「察しがいいな」

「それくらいわかるさ。江戸の主だった博徒って、大したもんじゃないか。噂で聞いたことがあるよ。屋敷を博徒に提供した旗本がいるって。一度、お灸《きゆう》を据えられたのに性懲りもなく、またぞろ開帳しているってね」

お紺は洗い髪をかき上げた。

「でもな、手入れなんぞできんのだ」

玄道は断じた。

但馬が言っていた。小野寺の屋敷を目付、南北町奉行所が摘発に当たったのだと。しかし、小野寺の屋敷では賭場ではなく、歌会が開かれていたのである。

一度、南北町奉行所を挙げて摘発に出てそれが裏目に出た以上、二度目の手入れなどそうそうできない。南北町奉行所も最早手出しができまい。摘発の情報が漏れたのだろうと予想されるが、但馬によると、老中と目付一人と南北町奉行だけで準備に当たり、捕物出役では単に谷中へ向かうとだけ告げ、谷中感応寺の山門に集結するという用心深さだった。

それから四半時とせずに捕方は踏み込んだのだ。

寺社奉行北村讃岐守にはむろん漏らしていない。

老中松平信明が極秘裏に進めたのだ。

盛大な賭場が開帳されるとすれば、おいそれと日付の変更はできまい。

「はてさて、おまえは幸せ者だ。御前はな、えり好みが激しいお方なのだ。中々、お気に召す女はおらぬ」

側室もおかず、亡き妻のために精進の日々を過ごしていると吹聴《ふいちょう》しているが、とんだ狸《たぬき》である。それも含めて小野寺清十郎の欺瞞《ぎまん》に満ちた半生が想像できてしまう。

「ちょいと、湯殿を使わせておくれでないかい」

「おお、そうか。その気になったか。覚悟ができたようじゃな。そうでなくてはならぬぞ。着物もな、流行りのものを用意しておるでな」

玄道は言った。

「よろしく」

お紺は立ち上がった。

玄道が女中を呼んだ。

女中が二人やって来て、お紺を湯殿へと案内した。

お紺が連れていかれたのは観王院内の庫裏《くり》であった。庫裏から少し離れた所に湯殿があるそうだ。

湯殿へ案内される途中、玄道について女中たちに尋ねた。ろくに知らないのか、口留めされているのか、女中たちは何も話そうとはしなかった。

脱衣所に入る。

女中たちに、

「自分でやるからいいよ」

と、声をかけたが、手伝うよう命じられているようで去るのを躊躇っている。

「あたしはね、育ちが悪いんだ。どっかのお姫さまみたいに、着替えとか湯の手伝いなんかされたことなくてさ。そんなことされたら、ゆっくり、湯に浸《つ》かれないよ」

お紺はあっけらかんと言い脱衣所の扉を閉じた。湯殿から湯気が立ち上っている。小袖と襦袢《じゅばん》を脱ぎ、腰巻だけになったところで湯殿に入る。

すると、格子窓から、

「お待ちくださいよ」

と、男の声が聞こえてきた。

ただならぬ様子である。お紺は窓に取り付き、様子を窺《うかが》った。僧侶が進もうとするのを源次郎の子分と思しき者たちが囲んでいる。

「通しなさい」

僧侶は遮るやくざ者に厳しい声を浴びせた。

「今、玄道さまはお忙しいんですよ」

子分たちは、この僧侶と玄道を会わせたくないようだ。すると、源次郎がやって来た。

「玄正さま、今、玄道さまはお忙しいんですよ」

「それは既に聞いた。長居はせぬ。一目だけでよいのだ。玄道の顔を見たら帰る。兄が弟に会うのに何の遠慮がある」

玄正は大きな声を出した。

「いや、それが……」

源次郎は躊躇いを示した。

「もう、八年にもなる。玄道が村を出て以来、会っておらんのだ。兄が会いたがっておると伝えよ。上州から訪ねて来たと伝えよ」

断固として玄正は求めた。

これには源次郎も、

「玄道さまにお伝えしな」

と、子分を使いに出した。

「ちょっとお休みになってはいかがです。外じゃ、お風邪を召しますんで、番所でお茶でもお飲みになっては……」

「ここで待つ」

玄正は言った。

五

程なくして玄正は呼ばれ、庫裏に歩いていった。

お紺は脱衣所に戻ると襦袢は省き小袖だけを身に着け、素早く帯を締めると湯殿を出た。

幸い、女中たちはいない。

玄正の後ろ姿が見えた。

お紺は植え込みに身を隠しながら後を追った。冷たい風が襟足から忍び込んでくるのに耐えながら歩く。霜が下り、凍土と化した地べたがきゅっと鳴る。

玄正は庫裏の中に入った。源次郎一人が一緒に中に入り、子分たちは走り去った。

植え込みが途切れ、お紺は急ぎ足で庫裏の庭へ回った。

枯山水の庭がある。廊下を伝い玄正と源次郎は座敷の中に入った。素早くお紺は縁側に上がり、腹ばいとなった。雪見障子の窓から中が見える。

玄道は頭巾を被り、背中を向けていた。

源次郎は座敷の隅に控えた。

「玄道、いや、義助《ぎすけ》、久しいな。八年前、永代橋が落ちた時、そなたが指を一本失ったと聞いた時には驚いたぞ。が、よくよく考えてみれば、指一本で済んだのじゃ。これこそ御仏のお導きとまこと安堵した」

玄正は語りかけた。

「兄上、まこと、久しゅうございます」

玄道はゆっくりとこちらに向き直った。

「兄弟といっても、そなたは学問ができ、このような立派な寺を任されるまでとなり、兄として……」

玄正の言葉が止まった。

玄道は冷めた口調で返した。

「兄上、いかがされましたか」

「いや、その、義助は……玄道はどうしたのだ。やはり多忙ゆえ、会えぬのか」

困惑しながら玄正は問いかけた。

「何をお戯れを申される」

玄道は微笑んだ。

「戯れではない。玄道に会わせてくれ」

玄正の声が裏返った。

「兄上、お戯れはその辺で。弟の顔を見忘れちゃいけませんよ」

玄道の声は暗く彩られた。

「謀《たばか》るな」

玄正は声を大きくした。

「源次郎、拙僧は誰かのう」

玄道に問われ、

「もちろん、観祥寺の執当職、観王院玄道さまでさあ」

源次郎もすまして答えた。

「おのれ……さては、その方、弟になりすましたのだな」

玄正は両目をかっと見開いた。

玄道はにやっと笑う。

「そうか、おまえは八年前の永代橋の事故で、弟になりすましたのであろう。許さぬぞ」

怒気を含みながら、玄正は追及した。

玄道は表情を引き締めて言った。

「あの時はまこと、天地がひっくり返るような騒ぎだった」

当時、玄道は一介の托鉢僧だった。

「托鉢と言えば聞こえはよいが、実際の暮らしとなると、物乞い同然でな。三日、水だけで暮らすのも珍しくはなかった。永代橋が落ちた時、わしは富岡八幡宮のお祭りで大勢の見物人が出ると踏んで永代橋を渡り、深川界隈で托鉢しておったのだ。すると、わしに親切にしてくれる僧侶がおった。それがあんたの弟だ。あんたの弟はわしを憐《あわ》れみ茶店で汁粉を馳走してくれた。自分はこれから谷中の観祥寺に行くと身の上を語ってもくれたな。これからの江戸での暮らしに希望を抱いているようで、わしの目には眩《まぶ》しかった」

往時を懐かしむように玄道は目をしばたたいた。

その日玄道は大した稼ぎにもならず、川岸に下り立った。

「あの日は暑かった。川辺で涼もうと思ったのだ」

そこで永代橋が落ちた。

「川面は大勢の者たちで溢れた。男も女も年寄りも子供も……」

橋の杭《くい》に摑まろうともがく者、なす術《すべ》もなく溺れ死ぬ者、泳いでいる者にすがりついて、一緒に溺れる者、まさしく地獄絵図が展開された。

「本物の玄道さんはな、わしの目の前に泳ぎ着いたんだ。だけど、頭を橋桁にぶつけ、大変な血が流れていた。言っとくがわしが殺したんじゃない。それどころか、わしは何とかして助けようと思ったんだ。しかし、玄道さんは虫の息でな。ただ、観祥寺にこれを届けてくれと」

油紙に包まれた中身を見て玄道は、

「魔が差したんだよ」

なりすまそうと決めたのだった。

「人差し指を切り落としたのは、筆使いの違いをごまかすためか」

玄正は言った。

「そういうことだ。いくら何でもまったく文を書かないわけにはいかんからな」

「今日までわたしが訪ねてこないと、高を括っていたのか」

「初めの一年、二年はおっかなびっくりだったよ。修行の妨げとなるから来てくれるなと文を出し、あんたも、自分の寺が忙しくてこっちに来られる状況じゃないって。そんなことは茶店の話でも聞いていたけどな、そうは思っていても突然、江戸に用事が出来てわしを訪ねてくるかもしれないから、そらもう、おちおち寝てもいられなかったよ」

　玄道は笑った。

「よくも、抜け抜けと」

　玄正は歯ぎしりした。

「だがな、人は慣れるものじゃ。三年目くらいからは、来るなら来いという思いにもなった。どうせ、無一文で物乞い同然の托鉢坊主だったんだ。ばれて元々だと思うようになった。するとな、肝が据わるもので、わしはわしでうまい具合に仕事が進められるようになったのだ」

　玄道は開き直った。

「ならば、今日はどうして最初、会おうとしなかった」

「守るものが出来たんだ。そうなるとな、もう、物乞い坊主には戻れないんだよ」

　玄道は深く息を吐いた。

「おのれ、盗人め」

　玄正はわなわなと身を震わせた。

「こなけりゃよかったんだ。こなければ、あんたの心の中で弟さんは生きていられたんだ」

玄道は言った。

「よくもそんなことを」

玄正は拳《こぶし》を震わせた。

「永代橋は渡れないんだ」

達観したような物言いを玄道はした。

「……何を申すか」

「永代橋は渡れない。渡ろうとしても渡れない。つまりな、永代橋で失った命は戻らないんだ」

憤然として玄正は立ち上がった。

玄道を睨み下ろし、言い放つ。

「観祥寺の住職妙法殿に訴える。おまえの化けの皮を剝がし、寺から追い出す」

「そんなことはしない方がいい」

「黙れ」

玄正は外に出ようとした。

「どうしても、永代橋を渡りたいんだな」

玄道は源次郎に目配せをした。源次郎は懐に呑んでいた匕首を抜く。

「やめろ」

玄正は叫び立てた。

「なら、渡らしてやるぜ」

源次郎は玄正の腕を摑み、匕首でずぶりとその胸を突いた。

「ああ……」

玄正の口から苦悶《くもん》の声がもれる。

「これで、永代橋を渡れるぞ。永代橋の向こうでは弟が待っているよ」

乾いた声音で玄道は告げた。

玄正は血の海の中に倒れた。

お紺はさっと縁側を下り、庭の植え込みに身を潜めた。

源次郎が口笛を吹く。じきに子分が三人集まった。

「片付けろ」

源次郎に命じられ、子分たちは座敷に入った。

お紺は湯殿に戻った。

あわてて、小袖と腰巻を脱ぎ、湯舟にざぶりと身を沈める。冷え切った身体に湯はありがたく、お紺は役目を忘れて心地よさに両目を閉じた。身体が湯に蕩《とろ》けてしまいそうだ。

すると、

「お紺、入るぞ」

玄道の声が聞こえた。

「来るんじゃないよ」

強い口調でお紺は抗った。

「いいじゃないか」

玄道の声は高ぶっている。玄正を源次郎に殺害させて興奮しているようだ。

「御前が怒るよ」

お紺は言った。

「黙っていればわからないさ」

「わたしが黙っていないよ」

「一度くらいいいだろう」

玄道が引き戸を開けた。

法衣《ほうえ》のままである。

「出ておいき」

お紺は湯を浴びせた。

「やめろ」

「出ていけ」

尚もお紺は湯を浴びせた。玄道は這《ほ》う這《ほ》うの体《てい》で出て行った。

「ふん、馬鹿め」

お紺はどぶんと身体を湯舟に沈めた。それにしても、玄道の奴にそんな過去があったとは。永代橋を戻ったら、あいつは元の物乞い坊主。そんな過去が懐かしくて、時に托鉢をやっているのか。

哀れな男だ。

六

お紺は玄道が用意した着物は身に着けなかった。御前に気に入られるようにせよと玄道は言ったが、

「気に入られたら、召し出されちゃうじゃないのさ」

お紺は強気の姿勢を崩さない。

「わかった、わかった」

玄道は渋々応じた。

源次郎が入って来た。

「お紺を御前の屋敷にお届けしろ」

玄道に命じられ、源次郎はわかりましたと頭を下げる。


庫裏の外に出た。

たちまち、寒風に吹きさらされた。これでは、

「湯冷めしちゃうね」

と、お紺は身をすくめた。

実際、寒気がする。見送ってきた玄道に源次郎が目を向けた。玄道は首を左右に振る。

「こっから、小野寺さまのお屋敷はちょいとあるんだろう。風邪ひいちゃうよ」

「駕籠《かご》を呼ぶよ」

源次郎が言ったところでお紺はくしゃみをした。

「例の道を使え」

玄道は言った。

「わかりました」

源次郎はお紺を伴い、庫裏の裏手に足を向けた。

「ちょいと、何処へ行くんだよ」

お紺がいぶかしむと、

「黙ってついて来ればいいんだよ」

ぶっきらぼうに言い、源次郎は子分たちにお紺を囲ませて歩き始めた。お紺たちは寺の裏手にやって来た。こんもりと盛り上がった竹藪が広がっている。

「ここだ」

源次郎は井戸を指さした。

「井戸の中に入るのかい」

躊躇いを示したが、

「まあ、覗いてみなよ」

源次郎に促され、お紺は井戸を覗いた。

縄梯子《なわばしご》が下ろしてある。

「あんた、下りられるか」

源次郎に言われ、

「これくらいなら、平気だよ」

返事をするやお紺は縄梯子を伝った。中は暗かったが、源次郎の子分たちが上から提《ちょう》灯《ちん》で照らしている。十間（約十八メートル）程下って下り立つ。すぐに源次郎も下りてきた。

源次郎が壁面をさすり、ぽんぽんと叩いた。すると、そこがどんでん返しになっていた。

「さあ、行くぜ」

源次郎に続いてお紺も足を踏み入れた。中は坑道になっていた。幅三間（約五・四メートル）、高さも三間程あり、掛け行灯《あんどん》に照らされている。冷たくて湿っぽい空気がすうすうと吹き抜ける。

「小野寺さまの御屋敷に続いているんだね」

お紺は言った。

「そういうこった」

源次郎はずんずん進んでゆく。

なるほど、これがからくりだったんだ。手入れが入ったら、小野寺屋敷から玄道の寺へ逃れるということだ。

お紺は源次郎について小野寺の屋敷へと達した。

「よくできているだろう。黒鍬者《くろくわもの》の働きだぜ」

源次郎は言った。

「うん、よくできているもんだね」

感心してお紺は言った。

「ま、そこが玄道さまと小野寺さまの悪知恵が回るところよ」

へへへと源次郎は言った。

突き当たりにも縄梯子が下がっている。お紺は身軽な動作で上っていった。

井戸から顔を出すと武家屋敷の裏庭である。裏庭を隔てて御殿の瓦が冬日を弾いていた。

小野寺屋敷に間違いない。

お紺は井戸から出るや走り出した。

源次郎も井戸から出た。お紺の逃亡に気づき、

「おい、待て！」

血相を変えて怒鳴った。

お紺は待つはずもなく、素早く松の木に飛びつき、枝を伝って練塀《ねりべい》に降り立った。

「追いかけろ」

源次郎は子分たちに命じた。

お紺は練塀から飛び降りた。子分たちが追いかける。お紺は咄嗟に藪の中に奔り込んだ。

その頃、喜多八は自分も何かせずにはいられないと、小野寺の屋敷の周りをうろうろしていた。

番士が怖い顔でこちらを見ている。喜多八は、虫でも払うかのように追い払われた。

喜多八は裏手に回ることにした。こんもりとした竹藪がある。

「なんだか、冷え冷えとするでげすな」

喜多八はぶるりと身を震わせた。すると、やくざ者が何人かたむろしていてこちらを見てくる。

「なんでえ」

一人がすごんできた。

「こんな寂しいところに何かあるんでげすか」

喜多八は愛想笑いを浮かべながら問いかけた。

「なんだてめえは」

やくざ者はうろんな者を見るような剣呑な目つきである。

「そんな、つれないことをおっしゃらないで、お願いしますでげすよ。実はね、やつがれのお客なんですがね、金が余ってしかたがないなんて贅沢《ぜいたく》な悩みを抱えていらっしゃる旦那がね、いらっしゃるんでげすよ」

喜多八は言った。

「金の使い道に困っているだと」

「ええ、そうでげすよ。それでですね、このところ、上野、浅草界隈の賭場が閉鎖されていますんでね、困ったもんだって」

「ほほう、そりゃ、面白いな」

「親分さんとお見受けしますが」

喜多八は言った。

「おらぁ、源次郎ってもんだ」

「ああ、賭場を開帳しておられましたでげすね」

「知ってたか」

「でも、辞めてしまったって、その旦那も困っていましたでげすよ」

喜多八は言った。

「でもな、ここらあたりに賭場はねえよ。他を当たりな」

源次郎は右手をひらひらと振った。

喜多八は諦めて踵を返した。

しばらく歩き藪を通り過ぎたところで、喜多八は立ち止まり、振り返った。

その時、藪の中からお紺が飛び出してきた。洗い髪を風になびかせ、履物を帯に挟んで着物の裾を両手で摑んで走って来る。

紅を差した足の爪が軽やかに動き、喜多八に迫ってくる。喜多八は声をかけようとしたがお紺は知らん顔で通り過ぎた。

源次郎たちがやって来た。

咄嗟に喜多八は、

「親分、賭場に案内してください」

と、源次郎の行く手を阻んだ。源次郎たちの動きが止まった。

「退け！」

真っ赤な顔で源次郎が怒鳴った。

「そんなに熱くならないでほしいでげすよ」

喜多八は扇子を広げ源次郎を煽いだ。

「ふざけるんじゃねえ」

源次郎に突き飛ばされ、喜多八は地べたに転がった。

「ぼけっとするんじゃねえ」

源次郎は子分たちを叱責しながらお紺を追いかけた。

お紺は行方をくらました。

七

年の瀬も押し迫った二十日の夜、荻生但馬は谷中の小野寺屋敷を訪れた。陣笠を被り、火事羽織を重ね、野袴といった出《い》で立《た》ちで、火消しの陣頭指揮を執るといった風である。

凍えるような風が吹き、暗黒の空から雪が舞い落ちてきた。

素性を告げると屋敷内に通され、御殿の客間に案内された。陣笠を取り、小野寺を待つ。

途中、屋敷内には篝火《かがりび》が焚《た》かれ薪《まき》の爆《は》ぜる音が響き渡っていた。商人風の男がぞろぞろと御殿の裏手に向かうのを但馬は目撃した。

客間の濡れ縁は磨き抜かれ、但馬の姿が映り込む程だ。軒から吊《つ》り下げられた風鐸《ふうたく》が風情を漂わせている。

時を置かず小野寺清十郎がやって来た。羽織、袴に包んだでっぷりと肥え太った身体を、億劫《おっくう》そうによじらせながら但馬の前に座った。

「荻生殿、久しいのう。達者そうで何よりだ」

鷹揚な笑みを浮かべ小野寺は語りかけてきた。

「小野寺殿も壮健そうですな。いや、以前よりも貫禄が増したようだ。来春には長崎奉行に転じられるとか」

但馬も穏やかに返した。

「荻生殿のご苦労を思い、お役目に精進致す所存……して、夜分の来訪、火急の用向きでもおありかな」

「花会に参加したいと思いましてな」

「花会……はて、何のことでしょうな」

「盛大な賭場が開帳されるのでござろう」

世間話でもするような口調で但馬は問いかけた。

「前触れもなく夜更けに押しかけてきたと思ったら、とんだ言いがかりだ」

「屋敷内は随分と賑々しいではござらぬか。何人かの町人が御殿の裏手に歩いてゆくのを見ましたぞ」

「歌会だ。期せずして、今宵は雪となった。雪を詠むのが楽しみじゃ。今月の初めも賭場を開帳しているなどとあらぬ疑いをかけられた上、不浄役人どもにわが屋敷を荒らされた。あの時は疑われる自分も悪いのだと我慢したが、今度という今度は許せぬ……いや、荻生、公儀の差し金で参ったのではあるまい。その方に捕方を差配することなどできぬからな。今は、御蔵入改とか申す閑職の身にあるそうではないか」

冷笑を浮かべ小野寺は言い放った。

「いかにも閑職の身にある。小野寺清十郎とおそらくは小野寺の背後に控える寺社奉行北村讃岐守によって抜け荷の濡れ衣を着せられたのでな。だがな、わしは御蔵入改というお役目を楽しんでおる」

但馬は胸を張った。

「負け惜しみか」

せせら笑う小野寺に、但馬は笑みを返す。

「まことに楽しいのだ。面白き者どもと共におまえのような悪党を退治できるのだからな」

「わしを退治する気でおるのか。思い上がりも大概にしろ。貴様の配下などろくな者がおるまい。何でも、貴様を入れてたった五人だそうではないか」

「いかにも、たったの五人だ。だがな、腕利きの五人だ。たとえば、長崎から来た凄腕の女すり……とかな」

但馬はにたりとした。

「長崎の女すりじゃと」

小野寺は目をむき立ち上がった。但馬も腰を上げ雪見障子を開けた。雪が激しさを増し、庭に降り積もり出した。

と、夜空に呼子《よぶこ》の音が轟《とどろ》く。それに合わせたかのように練塀の向こうに、南北町奉行所の御用提灯が掲げられた。

「小野寺清十郎、観念せよ」

但馬は甲走った声を浴びせた。

「黙れ！」

小野寺は怒鳴り返すと肥えた身体でのっしのっしと濡れ縁に歩き、軒から下がった風鐸を見上げた。次いで不敵な笑みを浮かべると脇差を鞘ごと抜き、その鞘で風鐸を叩き始めた。風雅な音色とは程遠い荒々しい音が邸内に木霊《こだま》する。

やくざ者と思しき連中が慌てた様子で御殿の裏手に奔っていった。それを見届け、小野寺は脇差を腰に戻して、

「荻生但馬、貴様はお仕舞いだ」

勝ち誇ったように但馬を見た。

小野寺屋敷の練塀前では、喜多八が幇間《ほうかん》仲間と共に御用提灯を掲げていた。

「いやあ、冷えるでげすね」

降りしきる雪を見上げながら喜多八はぼやいた。白い息が流れる。幇間仲間も凍えながら竿《さお》に付けた提灯を掲げている。足踏みをし、寒い寒いとぼやきながら、

「ほんとに一両、貰えるんだろうね」

念押しする者もいて、

「間違いないでげすよ。半時、こうしているだけで一両、お座敷よりも割がいいでげしょう」

喜多八は返した。

すると誰言うともなく、

「暖かいお座敷で燗酒を飲んでた方がよかったなあ。ご祝儀もらってさ」

「お酒もつけるでげすよ」

返した途端に喜多八はくしゃみをした。それが誘い水となったのか幇間たちは立て続けにくしゃみをする。御用提灯が微妙に揺れた。

緒方小次郎と大門武蔵は、観王院の裏庭にある涸れ井戸の前に立っていた。小次郎は額に鉢金を施し、羽織は重ねず、小袖に襷を掛けている。裾を絡げて帯に挟んでいた。

両手に紫房の十手を握り締めている。

武蔵も小次郎同様の捕物出役の格好だが、十手ではなく六尺棒を右手に持っていた。力士のような身体と相まって、まさに鬼に金棒である。

「降ってきやがったな」

武蔵は積もった雪を蹴り上げた。

「境内には誰もおりませんでしたな。玄道や源次郎たちは小野寺の屋敷でしょう」

小次郎が述べると、

「違いねえ。出て来たところをやっつけてやりゃあいいさ」

と、武蔵は六尺棒で地べたを二度、三度突いた。

やがて呼子の音が聞こえた。

「喜多八の奴だな」

武蔵がにんまりすると小次郎も、

「間もなくですな」

と、表情を引き締めた。

すると今度は荒々しい風鐸の音色が耳に届いた。武蔵は楽しそうに六尺棒を振り回した。

小次郎は両手の十手を握り直す。

井戸から甲走った人の声が上がってきた。

「来やがった、来やがった」

武蔵は六尺棒を両手で握り、頭上に掲げた。

「もう、大丈夫ですからね」

源次郎が提灯を手に縄梯子を上ってきた。井戸の縁《へり》を跨いだところで小次郎と武蔵に気づき、驚愕《きょうがく》の表情を浮かべた。

「源次郎、山鯨の礼をするぜ」

言うや武蔵は六尺棒で源次郎の横っ面を張り飛ばした。源次郎は井戸から三間程も先に転がる。

商人風の男たちが井戸から出て来た。武蔵が六尺棒で威嚇《いかく》すると、

「逃がしましょう。ここで捕まえては後に続く博徒たちがこちらの捕物を察知しますぞ」

冷静に小次郎は考えを述べた。

「それもそうだな」

武蔵も納得し、

「さっさと、行きやがれ」

と、商人たちを六尺棒で追い払った。

商人たちは這う這うの体で逃げていく。彼らに続いて続々と、賭場に集まった客たちが井戸から上がってきた。小次郎と武蔵に促され、そそくさと観王院を後にする。武蔵は源次郎に猿轡《さるぐつわ》を嚙ませ、植込みの陰に引きずり込んだ。小次郎と武蔵も身を潜める。

賭場の客が終わると、博徒たちが姿を現した。二十人程が裏庭でたむろする。手入れが終わるのを待っているようだ。

「やれやれもう大丈夫だ。町方も芸がねえな。同じどじを繰り返すとはな」

博徒の一人が言うと、みな、声を上げて笑った。

「芸がないのはおまえらだ」

武蔵が立ち上がる。

小次郎も静かに腰を上げ、

「神妙に縛につけ」

と、両手の十手を突き出した。

博徒たちから笑みが引っ込み、引き攣《つ》った顔が小次郎と武蔵に向いた。

「神妙じゃなくたっていいぜ。精々、暴れな」

武蔵は右手で六尺棒をぐるぐると振り回し、彼らの真っ只中に躍り込んだ。

「異論ござらぬ！」

小次郎も十手を掲げ、雪を蹴散らし敵に向かった。

鬼の形相と化した武蔵は六尺棒を振るい、博徒たちの頬骨、鎖骨を砕く。鈍い音と悲鳴が重なり、博徒たちは次々に雪と泥にまみれた。

小次郎はあくまで冷静に十手を操る。匕首で突っ込んできた者の手首を右の十手で打ち据え、次の敵の首筋に左の十手を叩き込む。

刺すような寒風に吹き晒《さら》されながらも、小次郎と武蔵は汗を滴らせ奮戦した。博徒たちの中には泣きを入れ、ひざまずいて武蔵を拝む者も出てきた。

それでも向こう気の強い連中は抵抗を止めない。大柄な男が長脇差をめったやたらと振り回しながら小次郎に迫ってくる。小次郎は十手を交差させ、振り下ろされた刃《やいば》を受け止めた。

武蔵が六尺棒でその男の脳天をぶっ叩く。男は膝から頽《くずお》れた。

「かたじけない」

小次郎が礼を言っている間に、武蔵に降参していた男が脱兎《だっと》のごとく逃げ出した。

素早く小次郎は十手を投げる。

十手は矢のように飛んで男の後頭部を直撃した。男は積もった雪に前のめりに倒れた。

数人が一斉に逃げ出した。

間髪を容れず、武蔵は松の幹に突進し肩からぶつかった。大きく枝がしなり、雪がどさっと落ちた。

「あ〜っ」

博徒たちは雪まみれになり、尻もちをついた。

但馬は小野寺に向かって言った。

「今頃博徒どもは、観王院で御蔵入改に退治されておるぞ」

「なんじゃと……」

小野寺は濡れ縁から練塀を見上げた。御用提灯がなくなっている。但馬は横に立ち語った。

「あの提灯は博徒どもと賭博客を観王院に誘い出すための囮《おとり》だ。観王院の井戸には御蔵入改が待ち構えておる。一騎当千の二人ゆえ、博徒どもを逃しはせぬ。ああ、それからな、観王院の門前には南北町奉行所の捕方が手ぐすね引いて待ち構えておる。小野寺清十郎、観念せよ」

「おのれ……よくも謀りおって。いいだろう。わしはもうお仕舞いじゃ。じゃがな、おまえも終わりだぞ。道連れにしてやる」

団子鼻を脂汗で光らせ、小野寺は懐中から短筒を取り出した。

但馬は雪化粧を施した庭に飛び降りた。

弾丸が放たれた。

幸い弾《たま》は但馬を逸《そ》れ、庭の松にめり込んだ。

「まだ、弾はある。一発目は手がかじかんでおったゆえ不覚を取ったが、今度は外さぬ」

憎々し気げに顔を歪め、小野寺は狙いを定める。

すると、植込みの陰から喜多八が立ち上がり、

「お頭！」

と、サーベルを投げた。

「でかした」

但馬はサーベルを受け止め、濡れ縁に戻った。右手でサーベルの柄を握り、小野寺に突き出すと左手を腰に当てる。表情がきりりとなり、苦み走った男前が際立つ。

「それが、噂の西洋剣術か。長崎奉行になったら学ぼうと思っておったが、最早夢じゃ。

貴様の西洋剣術もあだ花に終わらせてやる」

銃口が上下した。狙う先を但馬の顔面か胸かで迷っているようだ。

但馬もサーベルの切っ先をくるくると回転させた。小野寺の目が吸い寄せられるように切っ先に向けられる。月明かりが反射する。小野寺の目がとろんとなった。引き金にかかった指が外れた。

但馬は横向きの姿勢のまま間合いを詰め、サーベルを突き出した。

切っ先が銃口に入るや、

「ええい！」

鋭い気合と共にサーベルを横に払う。

小野寺の手を離れた短筒はサーベルからも離れ、宙を飛ぶと池に落ちた。薄く張られた氷が割れ、動かなかった鯉が泳ぎ始めた。

お紺は小野寺屋敷の裏門にいた。

饅頭笠を被り、托鉢僧に身をやつした玄道が裏門から出て来た。お紺を見て足を止めたが、すぐに目を背け歩き出す。お紺は行く手を塞いだ。

玄道は錫杖《しゃくじょう》を振り回した。

お紺は身を屈め肩から玄道にぶつかったが、跳ね飛ばされた。雪の往来を転がりながら、玄道からすり取った袱紗包みを確かめた。

立ち上がって中を検めると、本物の玄道が持っていた観祥寺住職妙法への紹介状、兄玄正から与えられた護符があった。

玄道が走り去っていった方角を見やっているところへ武蔵が来た。

「大門の旦那、玄道を追いかけておくれな。行く先は永代橋だよ」

お紺が頼むと、

「どうして永代橋に向かったってわかるんだ」

武蔵は疑問を返した。

「玄道は今、八年前の永代橋を逆に渡ろうとしているのさ」

お紺は降る雪を掌《てのひら》で掬《すく》い取った。

「何のことだかわからないが……ま、いいだろう。永代橋に行くよ」

武蔵は雪を蹴立てて永代橋に向かった。

一時後、武蔵は永代橋に至った。

夜とあって、橋には縄が張られ通行を止められていた。

玄道は永代橋を眺め立ち尽くしていた。武蔵が追いつくとゆっくりと振り返った。托鉢坊主姿が似合い、降る雪を凍《い》てつくような風が吹き流す中、玄道は満面に笑みをたたえていた。雪風巻《ゆきしまき》の中でも経を唱えそうだ。

「玄道だな。もう逃げられないぞ」

武蔵は六尺棒を構えた。

「わしはな、永代橋を渡る」

低い声で玄道は言った。

何か決意のようなものが感じられる。玄道はくるりと武蔵に背中を向け、永代橋に歩いてゆく。武蔵は追いかけようとしなかった。

張られた縄を潜り、玄道は橋に踏み入った。橋には雪が降り積もっている。橋番所から番人が出て来た。

「ちょっと、渡っては駄目だよ」

声をかけるが、玄道は経を唱えながら立ち止まらず進んだ。寒空に玄道の朗々とした声と錫杖の音が響き渡る。橋の上に点々と玄道の足跡が連なってゆく。橋の半ばのやや深川寄りに至ったところで経が途絶えた。

錫杖の倒れる音が聞こえた。

程なくして玄道の身体が雪夜に弧を描いた。間髪を容れず聞こえたざぶんという音に番人の悲鳴が重なった。

あくる朝、玄道の亡骸は大川の川岸に打ち上げられた。

玄道は八年前、永代橋の崩落事故によって運命が切り開かれた。しかし、それは偽りの運命であった。玄道は永代橋を深川方面に渡り、八年前へと戻ったのだ。

こちらにはもう二度と戻れないのを承知で……


緒方小次郎は北町奉行所から帰宅の途に就こうとしていた。そこへ、文が届けられた。差出人は宇津木市蔵の妻雅恵である。わけもなく不吉な予感に囚われながら文に目を通した。

果たして、和代さまのことで内密の話があるのでお会いしたいとしたためてあった。和代は雅恵と親しかった。雅恵が宇津木の押しかけ女房になってからも交流は続いていた。和代さまのこととは、和代を殺した下手人が誰なのか、あるいはそこまではいかなくとも、何か心当たりがあるのではないか。

やっと下手人を突き止められるのではという期待と、どうしてこれまで黙っていたのだという雅恵への不満と不安が胸に交錯する。

しかし、ともかく雅恵に会おう。

新たな事実は見つかっておらず、藁《わら》にもすがらねばならないのだ。小次郎は雪晴れの空を見上げた。

和代、すまない、成仏させてやれなくて……

今も和代の魂はこの世とあの世の間を彷徨っているに違いない。一日でも早く浄土へ送ってやりたい。それには自分の手で下手人を捕らえ、罪をつぐなわせねば……

改めて小次郎は下手人捕縛を亡き妻に誓った。


永代橋の袂にある蕎麦屋で、お紺はお恵と貝柱のかき揚げ蕎麦を食べていた。

小卓で向かい合い、寒さが募る折、盛り蕎麦にはせず暖かい汁と一緒に蕎麦を味わう。

「小野寺の奴、性懲りもなく賭場を開いていたって、つくづく馬鹿な奴だね。切腹なんかさせないで打ち首にしてやりゃあ良かったんだ」

ぶつぶつ文句を言いながらもお恵は重吉の供養になると喜んだ。

お紺は箸を止めて言った。

「お恵婆さん、これを潮に足を洗いなよ」

「まだまだ、腕は落ちていないさ。五十両、ちゃんと渡しただろう」

お恵は強がった。

お恵から渡された五十両をお紺は小卓に置いた。

「確かに小判で五十両だけどさ、小判、古いのも新しいのもあってばらばらなんだ。本当はお恵婆さんの蓄えなんだろう」

お紺の言葉にお恵は苦笑いを浮かべた。

「これでさ、のんびりと暮らしなよ。贅沢しなきゃ十年は暮らせるさ」

「十年なんか、とっても生きられないね。ま、わからないけどさ、これで十年食い繋いだら、そんときゃ、またぞろ、すりを始めようかね」

お恵は五十両を帯に仕舞った。

お紺とお恵は顔を見合わせ、おかしそうに笑い声を上げた。


但馬は中途半端な思いを三味線にまぎらせていた。小野寺は切腹して果てた。抜け荷の濡れ衣を着せ、自分を失脚させたであろう寺社奉行北村讃岐守は健在なのだ。

が、ものは考えようである。

北村打倒の目標ができたのだ。

ふと、このところの一件について思いを巡らせた。八年前の事故は巻き込まれた当事者だけではなく大勢の人間の運命を変えた。

だが、誰も戻ることはない。八年前の永代橋を渡ることはできないのだ。

北村や小野寺への復讐は過去への拘りでしかなく、永代橋の事故と同様に、但馬も後戻りはできない。仮に北村へ意趣返しができたところで、あの頃に戻れるわけではない。

いや、戻るのではない。

長崎奉行に復帰しようとは思わない。抜け荷の濡れ衣と向き合うのは、御蔵入改の役目に邁進するためのけじめだ。

そう思うと胸のつかえが下りた。

三味線の音色も明るくなる。夜空に浮かぶ寒月を愛でながら快調に撥を動かした。何時の間にかお藤がやってきて但馬に微笑みかけていた。

本書は書き下ろしです。

中公文庫

御《お》蔵《くら》入《いり》改《あらため》事《じ》件《けん》帳《ちょう》
——見《み》返《かえ》り橋《ばし》

2020年10月25日　初版発行

著　者　早《はや》見《み》俊《しゅん》

発行者　松田陽三

発行所　中央公論新社
〒100-8152　東京都千代田区大手町1-7-1
電話　販売 03-5299-1730　編集 03-5299-1890
URL http://www.chuko.co.jp/

DTP　嵐下英治
印　刷　三晃印刷
製　本　小泉製本

Published by CHUOKORON-SHINSHA, INC.
Printed in Japan　ISBN978-4-12-206980-0 C1193

あ-59-6
浅田次郎と歩く中山道 『一路』の舞台をたずねて
浅田次郎
中山道の古き良き街道風景や旅籠の情緒、豊かな食文化などを時代小説『一路』の世界とともに紹介します。いざ、浅田次郎を唸らせた中山道の旅へ！
206138-5

あ-59-7
新装版 お腹召しませ
浅田次郎
幕末期、変革の波に翻弄される武士の悲哀を描く傑作時代短編集。書き下ろしエッセイを特別収録。司馬遼太郎賞・中央公論文芸賞受賞作。〈解説〉橋本五郎
206916-9

あ-83-1
闇医者おゑん秘録帖
あさのあつこ
「闇医者」おゑんが住む、竹林のしもた屋。江戸の女たちにとって、そこは最後の駆け込み寺だった――。女たちの再生の物語。〈解説〉吉田伸子
206202-3

あ-83-2
闇医者おゑん秘録帖 花冷えて
あさのあつこ
子堕ろしを請け負う「闇医者」おゑんのもとには、今日も事情を抱えた女たちがやってくる。「診察」は、やがて「事件」に発展し……。好評シリーズ第二弾。
206668-7

あ-32-5
真砂屋《まなごや》お峰
有吉佐和子
ひっそりと家訓を守って育った材木問屋の娘お峰はある日炎の女に変貌する。享楽と頽廃の渦巻く文化文政期の江戸を舞台に、鮮烈な愛の姿を描く長篇。
200366-8

う-28-8
新装版 御免状始末 闕所物奉行 裏帳合㈠
上田秀人
遊郭打ち壊し事件を発端に水戸藩の思惑と幕府の陰謀が渦巻く中を、著者史上最もダークな主人公・榊扇太郎が剣を振るい、謎を解く！ 待望の新装版。
206438-6

う-28-9
新装版 蛮社始末 闕所物奉行 裏帳合㈡
上田秀人
榊扇太郎は闕所となった蘭方医、高野長英の屋敷から、倒幕計画を示す書付を発見する。鳥居耀蔵の陰謀と幕府の思惑の狭間で真相究明に乗り出すが……。
206461-4

う-28-10
新装版 赤猫始末 闕所物奉行 裏帳合㈢
上田秀人
武家屋敷連続焼失事件を検分した扇太郎は改易された出火元の隠し財産に驚愕。闕所の処分に大目付が介入、大御所死後を見据えた権力争いに巻き込まれる。
206486-7

各書目の下段の数字はISBNコードです。978－4－12が省略してあります。

う-28-11
新装版 旗本始末 闕所物奉行 裏帳合(四)
上田秀人
失踪した旗本の行方を追う扇太郎は借金の形に娘を売る旗本が増えていることを知る。人身売買禁止を逆手にとり吉原乗っ取りを企む勢力との戦いが始まる。
206491-1

う-28-12
新装版 娘 始 末 闕所物奉行 裏帳合(五)
上田秀人
借金の形に売られた旗本の娘が自害。扇太郎の預かりの身となった元遊女の朱鷺にも魔の手がのびる。江戸闇社会の掌握を狙う一太郎との対決も山場に！
206509-3

う-28-13
新装版 奉行始末 闕所物奉行 裏帳合(六)
上田秀人
岡場所から一斉に火の手があがった。政権返り咲きを図る家斉派と江戸の闇の支配を企む一太郎が勝負に出たのだ。血みどろの最終決戦のゆくえは⁉
206561-1

う-28-14
維新始末
上田秀人
あの大人気シリーズが帰ってきた！ 天保の改革から二十年、闕所物奉行を辞した扇太郎が見た幕末の闇。過去最大の激闘、その勝敗の行方は⁉
206608-3

う-29-5
千両絵図さわぎ
植松三十里
江戸期に十二回来日した朝鮮通信使。その行列を描いた絵図を作るべく、版元の三兄弟が奔走する！『唐人さんがやって来る』改題。〈解説〉ペリー荻野
206405-8

う-34-2
おらんだ忍者《しのび》・医師了潤 御役目は影働き
浮穴みみ
忍びの里から江戸へ出て、正体を隠し町医者となった上忍・笹川了潤。「三度の飯より死者が好き」という了潤が、見えない「敵」を追う、大江戸ふしぎ事件帖。
206380-8

う-34-3
おらんだ忍者 医師了潤 秘めおくべし
浮穴みみ
了潤が主命により張り込んでいた男が、一心不乱に書き上げた手記には「秘めおくべし」の表書きが。謎が謎を呼び、了潤たち忍び組は蝦夷地へと誘われてゆく。
206609-0

お-78-1
三浦老人昔話 岡本綺堂読物集一
岡本綺堂
死んでもいいから背中に刺青を入れてくれと懇願する若者、置いてけ堀の怪談——岡っ引き半七の友人、三浦老人が語る奇譚の数々。〈解題〉千葉俊二
205660-2

お-78-2
青《せい》蛙《あ》堂《どう》鬼《き》談《だん》 岡本綺堂読物集二
岡本 綺堂
夜ごと人間の血を舐る一本足の美女、蝦蟇に祈禱をするうら若き妻、夜店で買った猿の面をめぐる怪異——暗闇に蠢く幽鬼と妖魔の物語。〈解題〉千葉俊二
205710-4

お-78-3
近代異妖篇 岡本綺堂読物集三
岡本 綺堂
人をひとり殺してきたと告白する藝妓のはなし、影を踏まれるのを怖がる娘のはなしなど、江戸から大正期にかけてのふしぎな話を集めた。〈解題〉千葉俊二
205781-4

き-37-1
浮世女房洒落日記
木内 昇
お江戸は神田の小間物屋、女房・お葛は二十七。あっけらかんと可笑しくて、しみじみ愛しい、市井の女房が本音でつづる日々の記録。〈解説〉堀江敏幸
205560-5

き-37-2
よこまち余話
木内 昇
ここは、「この世」の境が溶け出す場所——ある秘密を抱えた路地を舞台に、お針子の齣江と長屋の住人たちが繰り広げる、追憶とはじまりの物語。
206734-9

す-25-27
手習重兵衛 闇討ち斬 新装版
鈴木 英治
江戸白金で行き倒れとなった重兵衛は、手習師匠・宗太夫に助けられ居候となったが……。凄腕で男前の快男児が謎を斬る時代小説シリーズ第一弾。
206312-9

す-25-28
手習重兵衛 梵鐘 新装版
鈴木 英治
手習子のお美代が消えた⁉ 行方を捜す重兵衛だったが……（「梵鐘」より）。趣向を凝らした四篇の連作が織りなす、人気シリーズ第二弾。
206331-0

す-25-29
手習重兵衛 暁闇 新装版
鈴木 英治
旅姿の侍が内藤新宿で殺された。同心の河上が探索を進めると、重兵衛の住む白金村へ向かう途中だったらしいと分かったが……。人気シリーズ第三弾。
206359-4

す-25-30
手習重兵衛 刃《やいば》舞《まい》 新装版
鈴木 英治
親友と弟の仇である妖剣の遣い手・遠藤恒之助を倒すため、新たな師のもとで〈人斬りの剣〉の稽古に励む重兵衛だったが……。人気シリーズ第四弾。
206394-5

各書目の下段の数字はISBNコードです。978－4－12が省略してあります。

す-25-31
手習重兵衛 道中霧 新装版
鈴木英治
親友殺しの嫌疑が晴れ、久方ぶりに故郷の諏訪へ帰れることとなった重兵衛。母との再会に胸高鳴らせる彼を、妖剣使いの仇敵・遠藤恒之助と忍びたちが追う。
206417-1

す-25-32
手習重兵衛 天狗変 新装版
鈴木英治
重兵衛を悩ませる諏訪忍びの背後には、三十年ごしの因縁が——家中を揺るがす事態に、重兵衛、左馬助、惣三郎らが立ち向かう。人気シリーズ、第一部完結。
206439-3

す-25-33
江戸の雷神
鈴木英治
その勇猛さで「江戸の雷神」と呼ばれる火付盗賊改役の伊香雷蔵は、府内を騒がす辻斬り、押し込み、盗賊らを追うが……。痛快時代小説シリーズ開幕！
206658-8

た-94-1
まんぷく旅籠 朝日屋 ぱりとろ秋の包み揚げ
高田在子
お江戸日本橋に、ワケあり旅籠が誕生!? 人生のどん底を知り、再出発を願う者たちが集められた新生「朝日屋」が、美味しいご飯とおもてなしで奇跡を起こす！
206921-3

た-58-20
北の武士たち・狼奉行 傑作時代小説集
高橋義夫
東北の地に生きる、さむらいの矜持を見よ——。直木賞受賞作「狼奉行」はじめ、書き下ろし二篇を収録した文庫オリジナル編集。〈解説〉末國善己
206559-8

と-26-13
堂島物語1 曙光篇
富樫倫太郎
米が銭を生む街・大坂堂島。十六歳と遅れて米問屋へ奉公に入った吉左には「暖簾分けを許され店を持つ」という出世の道は閉ざされていたが——本格時代経済小説の登場。
205519-3

と-26-14
堂島物語2 青雲篇
富樫倫太郎
山代屋へ奉公に上がって二年。丁稚として務める一方、幕府未公認の先物取引「つめかえし」で相場師としての頭角を現しつつある吉左は、両替商の娘・加保に想いを寄せる。
205520-9

と-26-15
堂島物語3 立志篇
富樫倫太郎
念願の米仲買人となった吉左改め吉左衛門は、自分と同じく二十代で無敗の天才米相場師・寒河江屋宗右衛門の存在を知る——『早雲の軍配者』の著者が描く経済時代小説第三弾。
205545-2